岩手の怖い話

―坊やがいざなう死出の旅―

寺井広樹
正木信太郎

はじめに

岩手県には、県が誇る歴史や文化、すばらしい自然がある。

かつてはマルコ・ポーロや松尾芭蕉が憧れた地である。


岩手県というと、親戚や友人が多く住んでいる。

幼少の時分にはお年玉目当てに親戚を訪ねてまわったり、友人たちと一緒に夏祭りへ遊びに行ったものだ。

楽しい思い出とは裏腹に、私に多くの心霊体験をさせてくれたのも岩手県であった。

湖面に立つ白く光る女性、墓地を浮遊する火の玉、蚊帳の中で金縛り――。

そうした体験が、怪談師になる切っ掛けになっていったのだと思う。


そんな怪談師が集めに集めた怪異の数々を通し、岩手県の闇の側面をご堪能いただければ幸いである。

正木信太郎

岩手の怖い話　―坊やがいざなう死出の旅―　目次

一　誰

（奥州市　猿岩隧道）


「最初は、遊び半分だったんです」

取材に応じてくれたKさんは、開口一番、うつむき加減にそうつぶやいた。

Kさんは、三十代後半の男性である。今から十五年前のことだという。当時、大学を卒業したばかりの彼は、親から買い与えられた自動車で友人とドライブを楽しむのが日課だったそうだ。

その年の夏、ひどく蒸し暑い日だったという。

夜、友人からKさんの携帯電話に連絡がかかってきたそうだ。それは、暇潰しに心霊スポットに行きたいので自動車を出さないかという誘いだった。

同じく暇を持て余していたKさんは二つ返事で答えると、自動車に乗り、友人の家を目指した。

友人は玄関先で待っていてくれた。横には女性が立っていて、最近付き合いだした彼女だという。長い黒髪がよく似合っていたが、人見知りなのか口数は少なかった。

Ｋさんは、軽く挨拶を交わすと二人を後部座席に乗せ、友人の道案内で心霊スポットに向かったそうだ。時計を見ると、二十三時を回っていた。そういう場所に行くには適した時間帯だ。

二時間ほど走ると、目的地が見えてきた。猿岩隧道だ。

空を見上げると、曇っていて月明かりは無い。街灯も無く、ヘッドライトだけが隧道を照らしている。その暗さに一瞬だけひるんだものの、Ｋさんは隧道の中へ自動車を進めた。

入り口こそコンクリートで舗装されていたが、奥は抉り取られた岩肌が露出する作りになっている。ヘッドライトをハイビームに切り替えるが、その明るさすら頼りないと思ってしまうくらい、あたりは闇に包まれていた。地面は整備されているとは言い難く、不快な振動が座席を伝わってくる。

「ここはね、岩肌から無数の白い手が伸びてくるって噂なんだよ。他にも女の声が聞こえてくるとか、窓に手形がつくとか、いろいろあるみたいなんだ」

友人は饒舌に、猿岩隧道の噂を話し続けた。

約七百メートルの隧道だ。一分も走れば、そこから出てしまう。すぐにUターンして隧道に入るも、やはり何事もなく、元いた場所に戻ってきてしまった。

先ほどと同じように、隧道の入り口に自動車を止めて、どうするか話し合う。少し拍子抜けした三人は、もう一度だけ隧道に入ろうということになった。

その時だ。

友人が突然、「隧道の入り口すぐ横に女性が佇んでいる！」と騒ぎだした。後部座席から懸命に指をさす友人だが、彼以外の誰もその姿を確認することができない。

「そこ！　そこにいるじゃん！」

友人によれば、それは長い髪の女で、こちらに背を向けてしゃがんでいるらしい。

「な、お前も見えてるよな？」

友人が彼女に同意を求めるが、首を横に振るばかりだ。

あまりに必死な友人を見て、Kさんは初めて背筋に冷たいものが走ったという。

ただ事ではないと感じ、強引に自動車をUターンさせ、なおも騒ぐ友人を完全に無視して、友人宅に引き返し、二人を降ろすと帰宅したそうだ。

翌日の夜。

ひとりKさんが部屋で本を読んでいると、友人からの電話が鳴った。

出てみると、たしかに友人の声ではあるが、どこか声に緊張感がある。どうしたのかと尋ねるKさんに友人は、あれからどうにも身体が重い気がする、頭痛もするし、体調が優れないのだといった。

『心霊スポットに行ったせいなのかな？　俺だけ幽霊っぽいものを見てるし。Kは特になんともないんだろう？』

早口にまくし立てる友人をどうにか落ち着かせようと言葉をかけるが、『でも』『だって』と反論されるばかりで完全にお手上げだった。

Kさんもさすがに苛立って、黙り込んでしまった。

『あれ？　お前……』

友人が訝しげにつぶやいたかと思うと、少しの間沈黙した後、突然怒りだした。

『こんなに不安なのに、電話の後ろでお前の彼女が笑ってるじゃないか！　携帯電話をスピーカーにでもして、二人して俺のことを笑ってるんだろ！』

びっくりしたKさんだったが、逆に怒鳴り返してしまう。

「何を言ってるんだ！　笑い声はお前の方から聞こえてるんだぞ！　その声、この前の彼女だろう！　そっちこそ、体調良くないとか嘘ついて俺を怖がらせようってつもりだろう！」

『え？　彼女って誰？』

そこで電話が切れた。


「で、あとから友人の両親に聞いたんですけど、当時付き合っている人なんかいなかったそうです。他の友人たちも、あいつに彼女なんかいなかったって言うし。その友人も、あの電話のあとから行方不明で……」

では、あの夜、友人から紹介された女性はいったい誰だったというのだろう？

猿岩隧道に行く前から、Kさんの友人は何かに呼ばれていたのかも知れない。

二　手

（盛岡市）

「場所は盛岡市のどこかってことでお願いできますかね？」

体験者から、絶対に場所は伏せて欲しいと言われている。

三十代の男性Gさんが二十代後半のことだと言うから、今から五～六年ほど前の話だ。

彼は、新卒から勤務していた運送会社を辞め、とある製造業の会社に就職したそうだ。前の会社と違って福利厚生もしっかりしている。何より勤務時間が明確だった。もちろん繁忙期には残業もあるが、ひどく長いものではないし、閑散期は定時で帰れる。友人が先に勤めていて紹介してくれたこともあり、安心して転職できたという。

この会社は、社宅を持っていて、希望者は空き部屋があれば入居できる。

当時独身だった彼は、社宅の家賃がただ同然のようなものだったということもあって、入居を強く希望した。

その翌日。

総務部から、空き部屋がひとつだけあるので、いつでも引っ越して良いと、連絡が来た。

早速彼が、引っ越しを進めると、元運送業者だけあって滞りなく作業は終わった。


引っ越して、二日目のことだ。

その日、彼は定時で仕事を上がると、寄り道もせず部屋に戻った。

冷蔵庫にある余りものの食材で夕食を適当に済ませ、シャワーを浴びてから、布団を敷いて寝る。いつもの事だった。

しかし、夜中にふと目が覚めた。いつもなら、朝までよほどの事がない限り起きることはないのだが、この時は違ったという。

まず意識だけが起きた。その状態で、部屋に何かいると感じ、ゆっくりと目を開ける。

すると、長短様々な腕が天井から生えていたそうだ。それは、白くて細い。天井と手首のちょうど中間あたりには、肘のような折れ曲がりも確認できる。それらが、ゆらゆらと揺れているのだという。

驚きはしたものの、あまりの光景に「あ、これは夢だな」とそのまま目を閉じて寝てしまった。


三日目の夜。

いつものように寝ていると、また目を覚ましたそうだ。

ゆっくりと目を開けると、昨晩のように腕が何本も天井から生えて揺れている。

昨晩と同じ光景だ。

「あれは夢じゃなかったのか……」

そうつぶやきながら、ある事に気が付いた。

少しずつではあるが、一本の腕が自分に向かって伸びて来ている。このままでは、いつか自分に触れてしまう。

怖くなって逃げようとした時、ビシッという音が全身を走り抜けたかと思うと金縛りになってしまった。

「うわっ！」と悲鳴をあげようとするが、叶わない。動くのは目玉くらいのもので、近寄ってくる白い腕を見つめる他にできることはなかった。

次の瞬間。

その腕が布団に潜り込んだかと思うと、彼の手を握ってきたのだ。それは、ひどく冷たく頼りない感じだったという。この気持ち悪い感触が、今起きていることを現実だと思い知らせる。

そして、その手はどこかへ彼を連れて行こうとしているのか、ぐいぐいと引っ張ってきた。

しかし、彼の体格が良く体重が重かったせいもあってか、逆にその腕が、ぶちぃという嫌な音とともに、天井から千切れ落ちた。

その腕が彼の上に落ちると、激しくのた打ち回り、徐々に動かなくなって、すうっと消えてしまった。それと同時に、他の腕も消えて金縛りも解けていたという。

「なんか、ミミズが苦しんでいるように見えて、ひどく気色悪かったんです」

彼は、苦虫を噛み潰したような顔でそう言う。

「で、それっきり眠れなくなっちゃって。朝イチ、社長に社宅から出させて欲しいってお願いに行きました。総務部を通していたら時間がかかっちゃいますからね」

表情を苦笑いに変えた彼に、その部屋のことを聞いてみた。

「その部屋ですか？　今でもたまに誰かが入居するんです。でも、すぐに引っ越しちゃうんで、たぶん、まだ出てるんじゃないですかね。上の部屋が事故物件？　いやいや、三階建ての三階にある部屋なんですよ。すぐ上は屋上です。屋上で何かあったって話は聞かないなぁ」

「ただ……」と、彼は声をひそめて言う。

「うちの会社、製造業じゃないですか。何年かに一度はローラーに腕を挟まれて、腕を失くす人がいるんですよ。もしかすると、その腕の幽霊ですかね。持ち主を探して揺れているのかも知れませんね」

怪談を集めてはいるが、身体の一部が化けて出たという話は初めて聞いた。

彼はその後、会社近くのアパートに引っ越して、今では平和に暮らしているという。

三　宝探し

（北上市上野町）

これは四十年ほど前の話になる。

北上市に住むJさんは、当時、二十五歳だったそうだ。

一戸建ての家に生まれて二十五年。一人暮らしの経験はなかった。就職先も近所にあって、実家から職場まで歩いていけたからだ。

恋人とも別れたばかりで、当分女性と二人きりになる必要もなし。多少の手伝いはこなしつつ、飯も出て風呂も沸かしてもらえる環境で毎日のんびりと暮らしていた。

そんなある日のことだ。

部屋が散らかってきたことに気が付いたJさんは、掃除をすることにした。不要なものは捨て、いっぱいになったゴミ袋は新しいものと取り替えた。床に置かれたままだった本を拾い集めて、元通りに棚に並べる。並んでいる本もシリーズや巻数がバラバラになっていたので、これを機に並べなおした。さて、本棚を整理してあらかたスッキリしたら、仕上げに掃除機でもかけようか。

——と。

棚から一冊の本を抜き取った時、一枚の白い紙切れが表紙にくっついて一緒に出てきた。手のひら半分ほどもない、二つ折りのメモらしきものだった。

「はて?」と思い、そのメモを広げてみる。なにか忘れないように覚え書きをしておいたのなら見事に忘れている。確認しなければならない。すると、そこには「タンスの裏を見ろ」という字があった。ボールペンで書いたのであろう、紙のへこみやインクのかすれが確認できる。

Jさんは、すぐにそれが何かわかったという。

『宝探しごっこ』だ。

おそらくタンスの裏を見れば、「どこそこを見ろ」と、また別の指示が書いてあるのだろう。それに従って移動していくと、最終的には隠された宝物にたどり着くというわけだ。

ただ奇妙なのは、確かに自分の筆跡であるのに、こんな宝探しを仕掛けた覚えは全くないということだ。Jさんには、メモを書いたことも棚に仕込んだことも、なにかお宝を用意した記憶もなかったのだ。

もちろん、両親のどちらかがメモを書いて、本と本の間に忍ばせた可能性は否定できない。しかし滅多なことでは自分の部屋に両親は入ってこないし、そもそも五十歳を超えたいい大人がすることだろうか？　それも息子の筆跡を真似てまで？

そんなことを考えながら、Ｊさんはこの『宝探しごっこ』に付き合うことにした。今はこのメモが気になる。本棚の整理も掃除機も、日が暮れた後でもできるだろう。もしお宝が外にあるのなら、明るいうちに探した方がいい。

タンスの裏を見てみると、やはりメモのようなものが隠されていた。そこには、『机の引き出しの裏を見ろ』と書いてある。

床に這いつくばりながら机の引き出しを下からのぞくと、引き出しの下面にメモがテープで貼り付けられていた。

テープをはがしメモを広げると、『庭の南部アカマツの根元に埋めた』と書いてある。

「うーん……」

予想通りだ。最後は外に出る。しかしやはり、なにかがおかしかった。庭にものを埋めた記憶がないことに、納得がいかないのだ。酒に酔って記憶を飛ばした間の奇行ということともないだろう。Ｊさんは生まれつきの下戸である。そもそもここまで手の込んだことを、忘れるわけがない。なにひとつ思い当たることがないというのは、どういうことだ？

とは言え乗りかかった船だ。最後まで付き合うか、とＪさんは好奇心が理由で、どんどん重くなる腰を上げて、庭に向かった。

縁側から庭に出ると、そこには一本の南部アカマツがある。父が子供の頃から大切にしている木だそうだ。南部アカマツに近づくと、根本に土を掘り返して埋めたような跡がある。跡があるということは、埋めたのは最近のようだ。

（ここだな）

Ｊさんは手に持ったシャベルでその跡を掘り起こしていく。すぐにカツンという音がして、何か固い物に突き当たった。シャベルを傍らに置くと、Ｊさんは手で土をどける。出てきたのは、銀色の四角い缶だった。

蓋には油性マジックで、

『美味しかった』

と書いてある。

なにが美味しかったのだろう、と思いながらJさんは缶の蓋を開けた。

入っていたのは、白骨化した人間の左手だった。

吃驚したJさんは、その場で腰を抜かして動けなくなったが、しばらくして正気に戻ると、缶を元の場所に埋めなおしたそうだ。

『美味しかった』が指していたのは、元の中身と新しい中身のどちらだったのか？

あの宝探しは誰が仕組んだものだったのか？

今でもすべてが謎のままだという。

四　通話

（東北自動車道　岩手山サービスエリア）

『岩手の怖い話』の執筆の依頼を受けた少し後に、赤坂田へ行く用事ができた。

新幹線と花輪線を利用することも考えたが、あちらでの移動を考慮し自動車で向かうことにした。

都内から東北自動車道を下り、松尾八幡平ＩＣで降りる。あとは一般道を通るルートだが、この予定だと七時間近くかかってしまう。早朝、赤坂田に到着したかった私は夜のうちに出発した。そして午前三時ごろ、岩手山サービスエリアで休憩をとったのだ。

そこで非常に興味深い出来事に遭遇した。

車から降りて、長時間の運転で凝り固まった身体を伸ばす。

それにしても蒸し暑い。お盆を過ぎたといってもまだ八月である。

真夜中だというのに額に玉のような汗をかいた私は、涼を求めて売店に入った。

自動販売機で冷たいお茶を買い、一息つく。店内のスナックコーナーにはトラックの運転手らしき客と、遅い帰省と思われる家族連れ、一人旅であろう男性客などがいて、深夜だというのに意外とにぎわっていた。


十分休息を取り、そろそろ出発しようと席を立った、そのとき。

「合わせる顔なんてねぇから！」

いきなり大声が聞こえてきた。驚いてそちらに顔を向けると、大柄の男がスマホで誰かと話をしている。歳は三十代くらいか。この暑い時期に黒い革ジャンを羽織っていた。

「大丈夫だって。あいつも会いたいって言ってたし」

先ほどの革ジャンの男から一メートルぐらい離れた所で、これまた体格の良いアロハシャツを着た男性が通話をしている。

「親族みんな来るだろ……。どんな顔して行けばいいんだよ」

「なるようになるから。もう出発しないと、たいやに間に合わない」

「だから、たいやだから気が重いんだって！」

なんだ、この二人は？　どうみても会話をしているはずなのに、どうしてスマホ越しなんだ。しかも二人とも全く目を合わせていない。まるで相手がその場にいないかのように話をしている。

私の気のせいではないのだろう。他の客も彼らを好奇の目で見ていた。

「いいか、たいやには必ず出ろ！　お前のせいであいつは潰れたんだからな」

アロハの男がそう吐き捨てるかのように大声を出すと、革ジャンの男はまるで話を聞かれたくないかのように、そそくさと店から出ていった。その後をアロハの男が追う。

たいやとは何か、また潰れたとはどういう意味なのか。

少なくとも革ジャンの男のせいで〝あいつ〟と呼ばれている人物が、何がしかの被害にあったことは想像できる。

興味をひかれた私は、少し遅れて彼らについていった。

二人は軽自動車の前で話をしていた。相変わらずスマホを使い、お互いあらぬ方向を向いている。

「それだけじゃない。気が付くとズルズルッて音がするんだ。大きいウニみたいな固まりが、俺を追いかけてきて」

「仕方ねぇだろ！　線路に飛び込んだあいつの頭は――」

「それ以上言うな！」

「……とにかく、久慈まで行け。そこでまた考え直してもいいだろ」

アロハの男に説得されて、男はしぶしぶうなずいている。

「で、お前は今、どこにいるんだよ？」

そういうと、革ジャンの男は運転席に乗り込み、バタンとドアを閉めた。

その直後。

「だから、いつもお前の真後ろにいるって」

ハッとして視線を移すと、アロハの男はいつの間にか後部座席に座っていた。

驚き固まってしまった私は、その男から目を離せずにいた。

それまで仏頂面で一瞥もしなかったアロハの男は、運転席の男を後ろから眺めながら、ニヤニヤと笑っている。

それから軽自動車は発進し、高速道路へと戻っていった。おそらく彼ら、いや彼は久慈を目指しているのだろう。

二人のその後のことはわからないが、後部座席に座ったアロハの男性がこの世のものであることを願うばかりだ。

さて、余談である。

無事に赤坂田へ着いた私は知り合いに、くだんの『たいや』とは何かと質問してみた。おおかた、この地方の方言か風習であろうと考えていたのが、当たっていたようだ。漢字では「逮夜」と書くそうだ。

「岩手は通夜が一回じゃないところが多いんだ。場所によって葬儀の違いはあれけど、通夜の後に同じような弔いをする、それを逮夜って呼んでるらしい。この辺りではしてないけどね。さっき言ってた久慈のほうなら、そういう風習があるのかもしれないなぁ」

五　農村の遠戚

（岩手郡軽米町）


東京都内の喫茶店で、Uさんという三十代の男性から聞いた話だ。

「二年ほど前のことなんですけど、親戚の葬式に行くことになったんです」

彼の遠戚は岩手県にいるそうだ。

「というか、『人たち』ですね。母方の親戚になるのですが、母の従姉妹の嫁ぎ先の……という感じで、実は私も生まれてこの方、会ったことがないのです。母からは、お前が一歳の時に頭を撫でてもらったことがあるとは聞いているのですが……」

これは変な表現かも知れないが、『遠い遠い遠戚』といったところだろうか。


ともかく、その日。

Uさんは、その遠戚で葬式が行われるということをUさんの母から知らされた。

母はもちろん、父も都合があって葬式に顔を出すことができないという。

しかし、Uさんの血筋というのは、なぜか親戚付き合いをやたらと重んじる傾向があるそうで、この時もU家を代表して両親の代わりに葬式に出向いて欲しいと言われたようだ。

「まぁ、交通費も食費も両親が出してくれるって話だったし、会社にも忌引きってことで休めるし。とくに拒否する理由も思い浮かばないから引き受けたんです」

Uさんは、両親から旅費を受け取ると、新幹線で岩手県へ向かった。

盛岡の駅を降りてレンタカーに乗ると、母に教えてもらった住所をカーナビにセットする。

二時間も走ると、目的地である遠戚の家へ到着したそうだ。

「なんていうんですかね、農家だと思うんです。広い田んぼの真ん中に突然、大きな木造の平屋が現れて。で、門の前で車を停めると中から人が出て来ましてね。その人が、私から見て一番近い親戚のAさんでした」

Uさんによれば、今回の葬儀はAさんのお祖父さんのものだそうだ。

「Aさんに誘導されて、これまた広い庭に車を駐車しまして。中に案内されると、参列者が大勢いましてね。それがほとんどA家の親戚なんだと教えられました。ということは、私の親戚でもあるんですよね」

Aさんのお祖父さんというのが、大往生だったせいか、すでに精進落としは宴会のような騒ぎになっていた。

「そこで、本当に見知らぬ親戚たちにけっこうな量の酒を飲まされたりして、その日はそこに泊まることになったんです」

Uさんは、二十畳くらいの客間に通され、そこに布団を敷いてもらい、寝るように言われたそうだ。

「部屋の真ん中に布団が敷かれましてね。いつもは六畳の自分の部屋にベッドで寝てますから、すごい違和感なんです。でも、かなり酔っぱらってたというのもあって、すぐに寝ちゃったんですが、ノドが乾いたのか水が飲みたくなって起きたんです。時間は、午前三時くらいだったと思います」

Uさんが案内されて寝ていた部屋というのは、三方が襖になっていて、おそらくは隣の部屋へと続いているのだろう。

そして、残りの一方というのが縁側に続く上部が障子、下部が磨りガラスとなっている引き戸であった。

さて、水を飲むにはどこへ行けば良いのかと考えていると、その磨りガラス越しに人が歩いていくのが見えた。

Uさんから見て、左から右へ歩いていく。着物を来た女性であろうか。

それは、すぐに右へ消えていった。

次の瞬間。

左から右へ消えたばかりの、女性が歩いてきた。

（あれ？）

と思い、その光景を眺めていると、またその着物の女性は右へ消えていった。

しかし、またすぐに左から出てくる。

それが、しばらくの間続いたというのだ。

酔っぱらっているせいなのか？　はたまた、夢でも見ているのか？

その光景に、何か言いようのない得体の知れないものを感じたUさんは、布団をかぶって震えているうちに、また寝てしまったそうだ。


朝。

遠くの方から、自分を呼ぶ声でUさんは起きた。

それはAさんの声で、朝食ができたから食べに来いということだった。

まだ昨日の疲れを残していたUさんは、重い身体を無理に起こすと、声のする方の襖を開けた。

すると、そこにはUさんがいる部屋とそっくりな部屋があった。

（大きな平屋だとは思ったが、同じ大きさの部屋がもうひとつあるのか）

そう思いながら、その部屋に入り、まだ声のする方の襖を開ける。

すると、また同じ部屋がそこにあったそうだ。

そこで、Uさんは変なことに気がついた。

それは、今見ている三つ目の部屋にも、そして自分が寝ていた隣の二つ目の部屋にも、真ん中に布団が敷いてあることだった。

それだけなら、気にすることはない。

しかし、二組の布団が、同じ捲れ方をしている。もっと言うなら、それは自分が使っていた布団と同じ捲れ方なのだ。

「何が起きているかわからなかった。それしか言えないんですけど」

Uさんは、次の襖も、その次の襖も開けたのだが、ただ同じ部屋が出てくるだけだった。

額にじっとりとした汗を感じながらも、また襖を開ける。

すると、すでに開けられた襖が延々と先に続いていて、前も後ろも同じ部屋が続いている。

Uさんは合わせ鏡の世界に引きずり込まれたような錯覚に陥ったそうだ。

「で、しばらく動けなかったんですけどね。途中であることに気が付いて」

その延々と続く同じ風景に、ひとつ変わった部分があることに気が付いた。

それは、何個か先の部屋の角に、黒い塊があったことだ。

小走りに近寄ってみると、それは位牌がいくつも積み上げられた山だった。

異様な光景に固まっていると、Uさんはさらにあることに気が付いた。

自分の位牌が、ひとつ、位牌の山の一番上に横に置かれていた。

それを見たUさんは、「ひっ」と小さい悲鳴を上げると、そこに座り込んでしまった。

次の瞬間。

縁側に続く引き戸が開いて、Aさんが不思議そうな顔でUさんを見ていた。

何度も呼んだが、いつまで経っても来なかったので連れに来たそうだ。

全身の力が抜けたUさんは、朝食を食べる気力も起きなかったが、これも礼儀と、かなり長く時間を要して食事を済ませた後、遠戚たちに挨拶をして帰路についたそうだ。

「夜に見た女性もよくわからないですけどね、自分の部屋がコピーされたかのようだったのも、今になってもどういうことだったかわかりません」

Uさんは、次に法事があっても参列を断るつもりだ。

六　直線道路

（住田町）

陸前高田市で手当たり次第に『何か怖い体験はないですか？』と聞き込みをしていると、住田町でちょっと変わった経験をしたという人に会った。

Tさんは、陸前高田市に住む二十五歳の女性だ。

「たしか、気仙川沿いを走っているときだったと思います」

以前の彼女は、何か嫌なことがあると、深夜のドライブに出掛けるのがストレス解消の手段だった。

当時の彼女は、週末となるとストレス解消にドライブに出かけていた。

平日は、授業とアルバイト。

もちろん友達と遊びに行く日もあったが、それ以上にアルバイトのストレスがひどく、一人きりになりたいとドライブに行くことが多くなっていった。

そんな、ある週末。

その週のアルバイトの内容がTさんにはとても堪えた。日が暮れるなり、車のキーを持って部屋を後にする。

アパートの横にある駐車場に行くと、自分の車に乗り込みエンジンをかけ、目的地も決めずに、気の向くままドライブを始めた。

携帯端末をカーステレオにつなぎ、お気に入りの曲を聴きながら、県道を北上する。

一時間もしないうちに、住田町に入ったそうだ。

県道を通れば、けして多くはないが交通量があるため厳密な意味で一人きりにならないだろうと思ったTさんは、横道に入った。

それは、県道と並走する道路で、両側には田畑が広がっていた。

さきほどとは違い、外灯はまったくない。ヘッドライトだけを頼りに走っていると、前に何かあるのが目に映った。

それは、事故車だった。

おそらくハンドルを切りすぎたのであろう。事故車は、前半分が畑に突っ込むような形で傾き、レッカー車を使わなければ、とても車道に戻れないような状態だった。

その手前。

数メートル手前に、Tさんの車のヘッドライトに照らされて、這いつくばっている女性がいた。

Tさんは事故の被害者だと思い、自分の車を停めて、その女性に駆け寄った。

すると、その女性はすぐに被害者ではないとわかった。

女性は、地面を摩《さす》るように何かを探していた。

「いない、いない」

と、ぶつぶつ独り言を繰り返し、目はきょろきょろと忙《せわ》しなく動いていた。

事故でパニックになってしまったのだろうと、Tさんは声をかけた。

「あの、大丈夫ですか？」

その声に気が付いたのか、女性はTさんに向かって顔を上げた。

「そのあたりに、人が倒れていませんでしたか？」

Tさんの問いが聞こえていなかったのだろうか、逆に女性がTさんに問いかけてきた。

「え……？」

よくよく事情を聞くと、以下のようなことだった。

女性が、この車道を走っていると、突然目の前に人影が飛び出てきた。一瞬のことだったので、男性か女性か、大人か子供かもわからないが、とにかく轢いてしまったことだけは確かだ。直前に急ハンドルを切ったが、間に合わず、その勢いで自分の車は畑に突っ込んでしまった。慌てて車から降りて被害者を探しているのだが、まったく見つからない。月明かりだけしか頼るものがなかったので、這いつくばって探したほうが良いと思って、こうして探していた。

Tさんは、事情が呑み込めた。しかし、見晴らしの良い車道である。

この女性の勘違いということもじゅうぶんに有り得ると思い、警察官を呼ぶ前に、この女性の言うところの被害者を見つけようと思ったそうだ。

女性と一緒に辺りを探してみるが、そのような人影は見当たらない。

少なくとも、自分の車のヘッドライトが照らしている範囲にはいないであろうことは、わかってきた。

Tさんは、自分の車の運転席に戻るとフラッシュライトを取り出して、自分の車の後ろ、つまり自分が走ってきた道を五十メートルほど戻って被害者を探してみた。

しかし、やはりそのような人影は見つからず、女性が犬や猫を人と見間違えた可能性も

考えて、小さい影がないか気を配ったそうだが、何も見つからなかった。

「どこにも倒れている人なんていませんでしたよ。何か勘違いされたんじゃないですか？」

と女性がいるところまで戻りながら話していると、そこに女性はいなかった。

（あれ？）

と思い、あたりをフラッシュライトで見渡してみるが、やはり女性の姿はなかった。

仕方がないので、畑に突っ込んでいる車を見に行ってみると、その車の運転席にはエアバックと運転席に挟まれて、頭から血を流して気を失っている女性がいたという。

その女性は、今し方、「いない、いない」と車道に這いつくばっていた女性であった。

（え？）

と思って、女性の肩に手をあてて
「大丈夫ですか、大丈夫ですか！」と声を掛けたのだが、その女性はすでにこと切れていたそうだ。


「あの晩、車道に這いつくばっていたあの女性。今となっては、本当に何かを轢いたかどうかなんてわかりませんが、彼女は何かを轢いたと思い込んで亡くなったから、死んでまで、自分が轢いた何かを探していたんじゃないでしょうか」
疲れた表情でTさんはそう言った。

七　三叉路

（岩手郡雫石町）

岩手県の秘境にある温泉に行ったKさんは、「不思議なことがあったんです」と話し始めた。

彼女は、今年（二〇一八年）新卒でとある企業に勤めはじめたOLだ。

今年の大型連休は同期の友達三人と、岩手県の休暇村「岩手網張温泉」で過ごしたそうだ。

そこは、秘境とあって温泉の裏には川が流れていて、周囲に建物がない環境だったそうだ。

旅館に入り、部屋の鍵を受け取ると、荷物を下ろす。

さっそく観光に行こうかということで、部屋を出て、ロビーで地図をみながら今後の予定を話し合っていると、友人のひとりが川を見に行きたいと言い出した。

その意見が採用され、森林浴をしながら、記念に川で写真を撮ろうということになった。

そんな話をしていると、旅館のご主人が話しかけてきた。

「歩き……、ですよね？　携帯電話は忘れずに持っていってくださいね」

と、やけに念入りにお願いされたそうだ。

Kさんたちは、河原を歩いたり、木立ちの中に入ったりして、それぞれ写真を撮って遊んでいた。

それをリアルタイムにSNSにアップする。

そんなことを繰り返して楽しんでいた。


ある程度時間が経って、そろそろ一度、旅館に帰ろうかということになった。

来た道を帰ろうとして、途中、三叉路に行き当たった。

Kさんは（こんな道あったかなぁ？）と思ったそうだが、場の楽しい雰囲気を壊してしまうのに気が引けて、言わなかったそうだ。

友達のひとりが、「たぶん、こっち」というので、みんなついて行った。

ところが、進めば進むほど、あたりは暗く木々に覆われ、人の気配も薄れていってしまった。

本来なら、すでに旅館に着いていて良い時間だ。

それだけ歩いたという自覚はある。

Kさんたちは、焦りながらも先ほどの三叉路に戻ると、選ばなかったもう一つの道に進んだ。

しかし、少し進んだところで、崖に出てしまった。

困り果てていると、友達のひとりが旅館の主人に言われたことを思い出した。

慌てて旅館に電話すると、「あぁ、でしたら河原に降りて川に沿って歩いて来て下さい」と言われたそうだ。

途中まで旅館の従業員さんに迎えに来てもらい、それで無事、旅館に帰れたというわけだ。


あとから旅館の主人に聞いたところ、その三叉路では二十年近く前に高齢者の死体遺棄事件があり、それからというもの、なぜか人が迷う様になったということだった。

しかも、「あれは三叉路じゃないんです。本当は四本の道が交差しているところなのですが、一番太い道が消えてしまうことがあるようです」

と旅館の主人は言う。

また、「置き去りにされた高齢者が寂しくて人を呼んでいるのではないでしょうか」

とも言っていたそうだ。

Kさんは、そのあと、温泉に入ったそうだが、怖い思いをしたせいか、身体がまったく温まった気にならなかったそうだ。

八　事故物件のエレベーター

（北上市）


去年のことだ。

「今度は仙台に転勤になってさ」

私の学生時代の先輩であるGさんは、非常に転勤が多い仕事をしていた。

その日も、愚痴の聞き手として私を都内の居酒屋に呼び出して、そう言い出した。

「またですか?」

そう問うと、目線をジョッキに移した先輩は、ビールを一気に飲み干して、「まぁな」と困ったような表情を浮かべた。

「ひどい時は年に四回も五回も異動だよ。もう慣れたといえば慣れたんだけど、どこ行っても人間関係の構築が面倒でな」

私も人付き合いは得意な方ではない。先輩の言うことは痛いほどよくわかるので、同情のひとつもする。しかし、何も愚痴を聞かせるだけに呼び出されたというわけではないのは、長い付き合いの中でよくわかっている。次に続く台詞は、ある程度予想がついていた。

「で、引越しの手伝いをして欲しくってね」

要は、引越しのための荷造りと、仙台についてからの荷解きを手伝えということだ。今の引越し業者ならどちらも無料でやってくれるところがある。しかし、あまり見られたくないものが多いため、こうして後輩を呼び出して手伝わせる。

居酒屋の代金を一回奢ってもらうだけでは安いかとも思うが、交通費も出してもらえるというし、ついでに怪談の蒐集や心霊スポットに行けそうなので、その依頼を受けることにした。

北上の駅を降りて歩くと、十五分ほどで先輩が住んでいるマンションに行き着くという。あらかじめ教えられた住所に、スマートフォンの地図アプリを頼りにして向かう。途中、郵便局や消防署、市役所などが目に入り、住むにはきっと便利な街なのだろうと、考えていた。

目的地であるマンションに着くと、そのままエレベーターで五階へと上がる。501号室が先輩の部屋だ。

インターホンを鳴らし、挨拶をして、部屋に入る。

すでに荷造りが始まっていて、先輩に倣って自分も荷造りを手伝う。

作業が粗方終わって、あとは引越し業者に引き渡すだけとなり、いつの間にか、二人ともガランとした居間にペタリと座り込み、酒盛りが始まっていた。


深夜零時を回った時。

先輩が腕時計に視線を落とすと、

「そういえば、怪談だっけ？　そういうの好きなんだろ？　ちょっと面白いものを見せてやるよ」と言い出した。

いったい何を見せてくれるのかと思っていると、先輩はやおら立ち上がると、そのまま玄関に向かった。私も釣られて、玄関に向かった。

二人、そのまま靴を履くとドアを開けて外に出る。すると、先輩は外階段から一階に下りるぞと、重い鉄扉を開けて、外階段を下がって行ってしまった。私は閉じそうになっている鉄扉を慌てて開けると、その後に付いて階段を降りていった。

「じゃ、これからエレベーターに乗るから」

そう言って、先輩は『↑』ボタンを押した。

すぐにエレベーターが一階に下りてきて、ドアが開く。

何も言わずエレベーターに乗る先輩のあとに従って、自分も乗り込む。

行き先階ボタンで、『5』を押すと、ドアが閉まり上へとエレベーターが動き始めた。

その時、先輩は横の壁にある『車椅子用のコントロールパネル』を指差して、「見ててごらん」と言った。

『車椅子用のコントロールパネル』は何の変哲もないもので、車椅子に座ったような低い姿勢からでも行き先階ボタンが押せるように、「1」～「5」のボタンが下の段に横一列に、「6」～「9」のボタンが上の段に横一列に並んでいた。そして、さらにその上には非常用の黄色い緊急ボタンが備え付けてあり、それを押すとエレベーターが事故か何かで止まってしまった場合でも、外の管理会社と連絡が取れるというわけだ。

なんだろう？　と視線をそれに移す。

すると、三階を過ぎるあたりで、「1」～「9」のボタンが一気に点灯したのだ。

驚いて先輩を見ると、「部屋に戻ったら説明するから」と一言だけ言って、黙り込んだ。

「あれ、なんなんですか？」

部屋に戻って来て、私がそう問いかけると先輩は半笑いで、こんなことを話し始めた。

北上に転勤になって二週間ほど経ったときのことだそうだ。

すでに激務に追われていた先輩は、毎日のように帰宅が午前零時を過ぎていた。徒歩圏内に職場があるのは有難いことだが、逆にいえば「終電が出てしまう」などという言い訳では帰れない。毎日、仕事を一通り済ませると家路に着くのが当然になっていた。

熱いシャワーを浴びて、すぐにベッドに滑り込もう。そうしないと、明日の――いや、もう『今日』だが――仕事に支障が出てしまう。

足早にマンションに入り、エレベーターに乗ろうとするが、既の所で扉が閉まってしまった。無情にも、エレベーターは上階へと昇っていってしまった。

苛立ちを抑えきれず、『↑』ボタンを連打する。しかし、だからといってドアは開かないし、すぐに一階にエレベーターは来てはくれない。

扉の上にある階数表示の数字を見ると、エレベーターは最上階の九階まで行ってしまったようだ。

他の階に停まるよりも待ち時間は長くなってしまったが、それでも十数秒の違いだ。先輩は、外階段を使うよりもエレベーターを待つことにしたそうだ。

しかし、どれだけ待っても階数表示の数字の「9」が点灯したままで、エレベーターが降りてくることはなかった。

腕時計を見ると、すでに三分は経っている。

(さっき乗っていった奴がいたずらでもしているのか)

そう思った先輩は、怒りが頂点に達した。

乱暴にエレベーター横にある鉄扉を開けると、その先にある外階段を駆け上がっていった。

九階に着き、勢いよく鉄扉を開ける。一言でも文句を言ってやらないと気がすまない。息を切らせて九階のエレベーターホールに飛び出した先輩の見たものは、上半身だけエレベーターのドアから出して倒れている男性の姿だった。その男性は、頭から血を流して、すでに絶命していたという。

慌てて携帯電話で救急車を呼ぶ。しばらくして、救急車と警察が到着すると、騒ぎを聞きつけたのか、深夜だというのに、辺りは騒然となったそうだ。

結局その後、疲労困憊だったにもかかわらず、明け方まで事情聴取に付き合わされたのだという。

「それと、さっきのボタンが全部光るのと何の関係があるんですか?」

話し終えた先輩に、そう問いかけた。

すると、先輩は半笑いの顔を無表情にして、

「あのエレベーター、出るんだよ。いや、まだ『いる』んだよ」

さらに先輩は腕組みをして、続ける。

「本当は緊急ボタンが押したかったんだ。でも、俺たちが普段使うボタンは高いところにあって、立つ事もできない男には遠すぎる。『車椅子用のコントロールパネル』の緊急ボタンを押そうとしたんだろうな。でも、それでも遠かった。壁を這い上がろうとした両手で、他の行き先階のボタンを押したんだろう」

そこで先輩は、腕組みを解いて缶にビールをひと口飲むと、

「自分が死んだことに気がついてないんじゃないかな」と言った。

結局、この事件は、エレベーターの中で心筋梗塞を起こした男が、倒れ際に壁に頭を打ち付けて、打ち所が悪かったため死亡した、という結論になったそうだ。

ただ。

「あの日、警察にも言ったんだが、八階で一度停まったように見えたんだよ。本当に事故だったのかねぇ」

そう言うと、先輩は天井を見上げた。

九　繁華街にて　その一

（盛岡市菜園地区）

「十年ほど前ですかね。盛岡で繁華街に連れて行ってもらったことがあって」

そう話しだしたのは、Ｙさんだ。四十代の男性で、とある商社の営業をしているという。営業という仕事柄、出張も多い。彼が担当しているのは東北地方だが、中でも特に岩手県盛岡市には一時期よく訪れたのだとか。

雑談で話題を滑らかに展開する様子から、彼が日ごろから人と話し慣れていることがよく分かった。当たり障りない話題を選び、不自然に途切れさせることもしない。営業職が続く人間は、得てして無難で畳みやすい話がうまいものだ。人々が固くしているのは財布のひもではなく、警戒だからだ。分かっている上で警戒を解くことを一連の作業における過程としてとらえる、という営業職の一面について、わたしとしては思うところもあるのだが、今は置いておこう。とにかくＹさんは話しはじめた。

その日。

仕事を終えたところで、取引先の担当者二人からこのまま繁華街で飲まないか、と誘われたそうだ。宿泊先のホテルに帰っても特にすることもなし、地元の人が通うお店に連れて行ってもらうのも出張の楽しみだろう。仕事の関係者とプライベートで飲むのを避ける者も増えてきたが、Yさんは気にしなかった。

商談が思うようにまとまって機嫌が良かったこともあり、彼は二人の提案を歓迎した。

取引先の人間と飲んでいることを意識して三人ともお堅い話に終始していたのは、一軒目まで。二軒目、三軒目ともなると酔いも回り始め、お互い上司の悪口に花が咲いた。

「これ明日までって終業時間ギリギリに言い捨てて、自分はさっさと帰ってったんですよ」

「あーいますよね、そういう人。言うならもっと早く言っておいてくれればねえ」

「私の上司もちょっとねえ、どうにかしてくれよってところがありますね。資料作成するでしょう、提出するとねえ、自分の中にある何となくのイメージだけで適当な直しを出してくるんですよね。これもうちょっと右っていうから右にしたら、右すぎもう少し左って」

「わかりますわかります」

まだまだいけますか、じゃあ、そろそろ四軒目はどうですかというくだりになって、一人がキャバクラに行こうと言いだした。

するともう一人も、良い店を知っているからぜひどうか、とYさんを誘いだす。

ほどよく酔いが回れば口も回るようになり——回った口がきちんと機能しているかは問題ではない——、そうなれば隣で話を聞いてくれる綺麗な女が欲しくなる。Yさんも二つ返事でその誘いに乗ったそうだ。

店のドアを開けると、愛想という文字を背負ったような柔和な笑顔でボーイが待ち構えていた。奥の席に通すと、さっそく女の子を三人あてがってくれたので、どんどん酒を頼む。

話をしているうちに、Yさんはあることに気づいた。席についている女の子たちが、三人ともよく似ているのである。「三つ子なの？　よく似てるね」と聞くと、「やだー、ひどーい！」女の子たちからは笑い声があがった。どうやら、今のは酔っ払いによるイジリと受け取られたようだ。確かに最近は若い女の子の見分けがつかなくなってきたし、キャバクラは店ごとに女の子たちの雰囲気が統一されがちではあるが、今見えているのはそういうことではないのだ。

おかしい、とYさんは感じはじめた。違和感というものは一度生じだすと、どんどん体を冷やすもので三軒分の酔いが次第に醒めていく。酒を追加することでごまかしてみようとしても、うまくはいかなかった。

そうして四、五杯も飲んだところで、取引相手の一人が寝落ちてしまった。残ったもう一人が「こいつ、いっつもこうなんですよねえ」

と笑って言うと、女の子たちもそれに合わせて笑う。

しかし、Yさんはまったく笑えなかった。

取引先の二人は気がついてないように思えたからだ。余計におかしいじゃないか。自分だけ悪酔いして、それで変な風に見えてしまっているのではないのか。

酒の相手をしてくれている女の子たちは、それぞれ髪型も服装もアクセサリーも、恐らく年齢もバラバラだろう。それなのに、彼女たちみんな、まったく同じ顔をしているように見える。どういうことだ。店の方針？　同じ医者に整形でもさせているのか？　そこまで趣味の悪い経営手法があるだろうか。ないとは言えないが、造形が同じというだけでは済まされない気がする。

Yさんは、考えれば考えるほど、この店から退出したくなっていた。

そうだ、『同じ顔』という表現は正しくない。

彼女たちは話を聞きながらずっと笑顔を浮かべている。その笑い方が、口角の上げ方から目の細め方まで、タイミングも何もかもがまったく同じだったのだ。

まるで、笑顔の動画をひとつ、同時に映し出しているかのように。

もう酒も進まなくなってグラスを持て余していたところで、動き回っていたボーイがYさんの目に入った。

笑顔で店内を動き回るボーイたち。彼らも、全員が同じ顔をしていた。

全身に鳥肌が立った。

これ以上耐えられない！　Yさんは用事を思い出したことにして、急いで店を出た。取引先の一人が戸惑うのも気にしてはいられなかった。

酔いは完全に冷めていた。

後日、帰り際よほど様子がおかしかったためか、取引先から何か不快な思いをさせたかと心配そうな声で電話が来た。酔い潰れた一人も、残してきたもう一人も問題はなかったらしい。二人がなぜ、あの店に何の疑問も抱いていないのか。その理由を知るのが怖かった。絶対に良いことはないだろう。

Yさんは、トラブルがあったわけではないのだとごまかした。声色を整えるのには慣れている。そのまま無難な内容の雑談を多少続けた。

「それでは、今後ともよろしくお願いします」

昨夜の何にも触れず通話を終える。

Yさんには、それしかできなかったという。

十　洋の東西

（九戸郡）


「人を呪わば穴二つっていうでしょ。あれ、本当なんです」

W子さんが二十年前、九戸郡の高校に通っていたときに体験した話を聞かせてくれた。

学校帰りに寄った図書館に、文芸部での読書感想会で発表する小説を借りに来たのが始まりだった。お目当ての書架まで行こうとすると、同じ文芸部に所属するC美の姿を見かけた。慌てて別の書架の陰に隠れ、彼女が出ていくまでじっとやり過ごそうとした。

そっとC美の様子をうかがう。彼女が手にしていたのは、自分が借りたかった本であった。

また嫌がらせをされた気分になった。何もかも彼女のせいでうまくいかない――。W子さんは今までのC美とのやりとりを思い返していた。

「W子の作品って、リアリティがないよねぇ。あ、今まで一度も男の子と付き合ったことないんだっけ？　じゃあ仕方ないか。あと誤字脱字が多い。〝てにをは〟もなんかおかしいし、校正するこっちの身にもなってよね」

嫌味を言われるようになってから、何度も見直すようになった。これでもう大丈夫、間違いはひとつもないと確信してから提出してみたが無駄であった。知らぬ間に原稿が書き換えられていたのだ。また、部室に私物を置いておくと、何故かなくなっていることもあった。

これらの嫌がらせをC美がやったという証拠はない。他の部員たちは気が付いていないし、自分が黙っていれば済む問題だと思い、我慢し続けていた。

それに彼女のことさえ除けば、文芸部での部活動は書くことが大好きな自分にとって、とても有意義な時間だったのである。

しかし、高校二年の夏休みが終わった直後、決定的なことが起きてしまった。

先輩からぜひ見せてほしいと言われて持ってきた大事な本が、墨汁で真っ黒に汚されてしまったのだ。亡くなった祖父から譲られた、今では絶版になっている貴重な本であった。

W子さんは部室の机に置きっぱなしにしていたことを悔やんだ。だが、それよりもC美へのどす黒い感情が、堰を切ったようにあふれ出てきた。

これもまたC美のしわざである証拠はないが、他には考えられない。

怒りで身体が震えてくる。それなのに、なぜ私はこうしてC美に見つからないように、こそこそと姿を隠しているのだろうか。おおっぴらに彼女と喧嘩をする勇気がないのだ。

いっそのことC美が消えてくれれば……。

ふと顔を上げると、書架のある本が目にとまった。

『世界の呪い大全』。これしか方法はないと、W子さんは思った。

自室でさっそく呪いの準備にとりかかる。だが、いざ呪い殺そうとすると、どうしても躊躇してしまう。怪我をさせる程度でいいのかもしれない。骨折でもすれば、C美も部活を休むに違いない。

分厚い本をめくり、比較的簡単そうな呪術を選んで実行した。

翌日、C美は松葉杖をついて登校してきた。廊下で偶然、W子さんはその様子を見かけた。

「ウソ、どうしたの足？」

心配した同級生達が、C美に駆け寄ってきた。聞き耳を立てると、自宅の階段から落ちて、右足を骨折したらしい。

「それがさ、落ちる瞬間、誰かに背中を押されたような感じがしたんだよね」

「ヤダ、マジでやめて。そういう話」

「またボーッとしてたんじゃないの？　気を付けなよ」

同級生たちが騒ぐなか、W子さんはC美の顔をまじまじと見ていた。落下したときに顔も打ったのだろう、大き目のガーゼで隠していたが、青く腫れあがった頬骨のあたりが痛々しかった。

呪いが効いた。こんなにも早く効果が現れるとは思いもよらなかった。小躍りしたいほど浮かれていたW子さんであったが、一つだけ誤算があった。

C美が部活を休まなかったのだ。そればかりか、彼女のW子さんへの嫌がらせは日に日にエスカレートしていった。部活がない日でも、わざわざW子さんのクラスに顔を出し、嫌味を言ってくるようになった。怪我を負ったストレスのはけ口が、W子さんに向いてしまったのだ。

今度は腕に呪いをかけてやろう。腕と足、両方とも怪我をすれば、さすがに部活どころか学校も休むに違いない。W子さんは前回よりもさらに強い念をこめて、呪術をかけた。

その翌々日。朝から激しい雨が降っているなか、登校中のW子さんが自転車と衝突し、左腕を骨折した。家を出てすぐのことだったという。

（……何なの、これ）

豪雨で前がよく見えなかったとはいえ、呪いをかけたあと自分が事故にあった。

病院で手当てを受けながら、W子さんはいまだに怪我一つしていないC美を思い浮かべていた。

おそらく呪いが失敗したのだろう。

帰宅して読み返してみると、呪いの本には『順番を間違えたり、一つでも手順を抜かすと自分に返ってくる』と書かれていた。夢中になっていて気が付かなかったが、何か間違えたに違いない。

W子さんはまた別の方法で、慎重に呪いをかけてみた。

すると、今度は見事にC美が左腕を負傷した。しかし、術が簡単だったためか打撲しただけであった。

これぐらいの怪我では意味がない。W子さんはC美が学校に来なくなるまで呪い続けようと何度か試してみたが、うまくいった呪いと自分に返ってきた呪いがあったそうだ。

そんなある日のこと。

放課後、W子さんはC美に呼び出された。

「これからすぐ家に来て。聞きたいことがあるの」

「聞きたいこと？　ここじゃダメなの？」

W子さんはやんわりと拒絶したが、血相を変えて迫ってくる彼女に押され、しかたなく家へ向かった。

出迎えたのはC美の父親であった。彼女の父は、あるキリスト教の宗派の神父である。

「いろいろと申し訳ありませんでした」

父親は娘からW子さんをいじめていたことを聞き出し、謝罪してきた。

W子さんが戸惑っていると、父親はこう説明しだした。

「階段から落ちて骨折した何日かのあと、C美の背中に呪いがついていました。驚いてすぐに解呪の儀式をしましたが、誰かに恨まれていないかと娘を問いただしたのです」

すぐにC美はW子さんに嫌がらせをしていたことを打ち明けてきた。

だが、W子さんが呪いをかけている確証はない。しばらく様子を見ることにしたが、その後もなぜかC美が怪我をしたり、呪いをつけて帰ってくることもあり、一度W子さんを呼んで話を聞いてみようということになったそうだ。

父親と一緒に謝ってきたC美を見て、W子さんはすべてを告白した。すると父親は呪いの本を見せてほしいと依頼してきた。


後日、W子さんが『世界の呪い大全』を渡すと、C美の父親はパラパラとめくっては、「あぁ」とか「なるほど」とか、しきりに納得したように唸り声をあげていた。

そしてWさんがどの呪いを使ったかピタリと当てたそうだ。それらは全て、西洋のものばかりだった。

「いやぁ、東洋の呪いはキリスト教じゃよくわからないんだよね。きっと、洋の東西で理解が違うのかも知れないね」と、笑いながら話していたそうだ。

W子さんとC美は、今では大の親友だという。

取材が一通り終わり、ノートとペンを片付けていると、彼女がおもむろに話しかけてきた。

「この間、久しぶりに九戸に帰ったんです。で、また図書館に行ったんですけど、残念なことにあの例の本、もうなかったんですよねぇ。だって便利じゃないですか。嫌いな相手を一発で呪える本なんて。術を選べば、失敗しても死ぬまでいかないし」

そう微笑みながら話す彼女を見て、私はただ苦笑するしかなかった。

十一　心霊スポット

（久慈市）

これは大学の友人が体験した話です。

当時の飲食店バイトの仲間たちと、バイト終わりに夜な夜な地域の自動車で心霊スポットを巡っていくのが当時の彼らの楽しみだったそうです。

友人はまったく霊感がないようで、いろんな地元で有名スポットに足を踏み入れていたのですが、

「気味悪いだけで、特に何もなかったよ」

いつもけろっとした様子でいつも話を聞かせてくれていました。

そんな彼らは、地域で有名な廃屋となったラブホテルに、友人とバイトの先輩（男）とその彼女、後輩の男女二名の仲間五人で行ったそうです。

男女二人ずつ、自動車二台で現地に向かったのですが、友人だけはバイクに乗っていたため、一人バイクでその二台の自動車に続いて行ったそうです。

廃屋となったラブホテルはヤ○ザがらみの事件があり、廃業してそのまま放置されている、という噂の物件で、現地に着くと周りが竹やぶのなか、かなり不気味な雰囲気が漂っていたそうです。

入り口に入ると、赤いペンキで鳥居が描いてあったり、落とし穴っぽいくぼみが放置してあったり、缶コーヒーとタバコの吸殻が散乱していたりと、さらに異様な雰囲気が漂っていたそうです。

さっそくみんなで建物の中に入ってみたところ、すぐに、後輩の一人がだるそうに「帰ろう」と言い出しました。

友人はまだ入ったばかりなのに、と思ったとのことですが、気分屋の集まりで、以前にもそんなことがあったため、飽きたか眠たいのかな？　とあまり深く考えずにみんなで引き返すことにしました。

その帰り、友人はバイクで前の二台の自動車に続いて、市街地までの道を走っていました。

すると、一つ前を走っている先輩が運転している自動車の挙動が、明らかにおかしいのです。

後輩二人を乗せた先頭を走っている自動車は、気付かずにどんどん進んでいってしまいますが、先輩の自動車はどんどん速度を落として、山道のど真ん中にもかかわらず、ついには停まってしまいます。

明らかに様子がおかしいと思い、先輩の自動車の横にバイクを着け、友人が様子を見てみると、なんと先輩が、なぜかぼろぼろと泣いていました。

友人がどうしたのか聞いたところ、先輩も「よく分からないが涙が止まらない」と困惑しているようでした。

とりあえずこんなところに停まっていてはいけない、と先輩に促し、市街地まで自動車を走らせました。

市街地で再度先輩に声をかけたところ、けろっとしていて、あれはなんだったか分からないが兎に角、今は何もない、と普通に戻っているようでした。

そのまま先輩たちと解散をして、その日は終わったようです。

友人を含め、その後も何事もないように過ごしています。

ただ、ラブホテルに入ったときに「帰ろう」と言った後輩は、以前も某心霊スポットに行ったときも、すぐに「帰ろう」って言ってたような、と友人はいつものけろっとした様子で話していました。

あまり深く考えてない天然の友人だから成り立っているような気がしますが、実は彼らは結構ヤバいことに頭を突っ込んでいるんじゃないか。と、ちょっと心配になる話でした。

十二　長屋の路地

（盛岡市）


岩達くんは、小学校の同級生だ。

盛岡市の町内を歩いている時、久しぶりにばったり出会ったので、夜飲む事になった。

そこで、「最近何してる？」からの「怪談を聞いてまわっててさ」と言う流れで、彼の経験談を聞く事になった。

ちなみに、名前を出せと言うので本名での登場である。


彼が小学校低学年の時の話だそうだ。

図工の課題がなかなか終わらなかったその日、すっかり夜になった帰り路を急いでいた。

彼の家は、長屋が向かい合って建っている長い長い路地の一番奥にある。

いつものように、大通りの歩道から曲がって路地に入る。

路地に入ると、左右に長屋があり、それぞれの玄関が向き合って建っている。

外灯が無い夜のこの時間は、長屋から漏れる灯りを頼りに進む事になる。

路地に入ってすぐ気づいたのだが、路地の入口と自分の家のちょうど真ん中あたりに外灯が見えた。

それは、当時でも珍しい昔ながらの裸電球に傘をつけたものだった。

「あれ?」

と当時は小学生の岩達くんは思ったものの、

「自分にとって困る事は無いな」

と思い、そのまま進む事にした。

外灯の下に来た時。

外灯に照らされた自分がいる白い空間から見て、路地の奥に何か大きなものがいるように思えた。

目を凝らしてその物体を注視すると、それは大きな壁だったそうだ。

「壁……?」

と思っていると、その壁がズズズッと自分のいる側に動いて来た。

「うわっ!」

と声を出して驚いた岩達くんは踵《きびす》を返して逃げようとした。

が、何の根拠も無いのだが、この外灯の光から出ない方が良い気がした。

足を止めて振り向くと、壁は尚も同じ速度でズズズッと近づいてくる。

「うわわわわっ!!」

と更に大声を出して驚いていると、
ガラッ。

と扉の開いた音がして、

「何してるんだ?　こんな夜遅くに」

と近所のオジサンが出て来た。

「壁が!」

と言いながらオジサンの方を見ると、もうその時には外灯の光も、外灯そのものも無くなっている事に気が付いた。

路地の奥を見ると、外灯と同様に壁も無くなっていたそうである。

「いや、それはわかったけどさ。なんで外灯の外に出ちゃダメだって思ったのよ?」

「本当にその根拠はわかんないんだよね。そんな気がしただけ、とかさ」

「路地ってあの路地でしょ？　あそこって何かいわくがあったっけ？」

「無いと思うよ。そもそもあの長屋って、夜逃げとかはあったけど、自殺とか殺人とか聞いた事もないし」

「今もあるのかな？」

と、私は現場を知っているので行ってみようと思い、岩達くんに聞いてみた。

「あるよ。あるある。だって、まだそこに住んでるから」

と笑った岩達くんの目は笑っていないように思えた。

十三　呪いの代償

（陸前高田市）


四十代のFさんが語ってくれたのは、ある呪いに関する話だった。

もう十年も前のことだそうだ。


その年、Fさんは I ターン転職をした。

その企業は五名の中途採用者を募集していて、そこに応募したFさんは見事採用された。

つまり、他に四名の「同期」がいた。

その中で、Fさんと同じ部署に配属されたKさんは、物腰が柔らかでいつも笑顔を絶やさない穏やかな人だったということもあり、同じ年齢だったFさんとすぐに打ち解けたという。

これが最後の転職になると思ったFさんは、良い職場と同僚に恵まれたものだと、自分の幸運を喜んだ。

しかも、職場は自宅から徒歩圏内で通勤からのストレスからも解放されたと思った。

とは言え、そこは職場である。

嫌なこともあれば、納得のいかないこともある。

そんな時、Fさんは K さんを誘って、夜の繁華街へと遊びに行くことにしていた。

お互い独身である。帰りを待つ家族もいない一人暮らし同士なので、翌日が休みともなると安い大衆居酒屋で、朝まで愚痴を言い合う仲だったそうだ。


そんなある日。

Fさんが仕事を終えて、家路を急いでいる時だ。

行く手に、K さんが立っていた。

それは、二日前に全焼した一軒家の前だった。

K さんは歩道に立って、その一軒家だった真っ黒い炭の塊を眺めていた。

Fさんが、何をしているのだろうと思い声を掛けようとして近寄ると、K さんが何かブツブツと呟いていることに気が付いた。

「おい、K」

声を掛けると、一瞬すごく険しい表情を浮かべたが、すぐにいつもの笑顔に戻り、Kさんは片手を上げて挨拶をしてきたそうだ。

こんなところで何をしていたかと問うFさんに、Kさんは曖昧に笑って誤魔化した。

そうされてしまうと、あまり突っ込んで詮索するのも気が引けてしまい、Fさんもそれ以上は何も聞かなかった。


しかし、その翌日。

また、Fさんが仕事を終えて帰っている時だ。

昨晩と同じ、Kさんがあの火事の現場の前に立っていた。

ちょっとこれは普通じゃないなと思ったFさんは、Kさんに声を掛けると、簡単に誤魔化されないように問い詰めた。

すると、苦笑いをしながらKさんは、ことの次第を話し始めた。

「こういう火事の現場、特に死人が出たところって、地縛霊っていうのかな。そういう霊が漂ってるんだよ。死んだことに気が付いてない霊なんだけど、そいつらに俺の嫌いな奴を連れて行ってもらおうと思って、お願いをしてるんだ」

それは、Ｋさんなりの呪術のように思われた。

「まぁ、ちょっとしたストレス解消みたいなもんだ。忘れてくれ」

そう言うと、Ｋさんは帰って行った。

ひとり残されたＦさんは、全焼した家屋に視線を向けたが、霊感もない彼には何もわからなかった。

ただ、Ｋさんの言葉を思い出して、背筋に冷たいものが走ったそうだ。

それから一週間後、ＦさんとＫさんの共通の上司が、心不全で亡くなった。

あの晩のＫさんの言動と上司の死を結びつけることは、馬鹿馬鹿しいと思ったＦさんだったが、その考えは拭いきれなかったという。


そして、上司の葬儀に参列した帰りのことだ。

Ｆさんは、またしてもＫさんがあの焼け落ちた家屋の前に立っているのを見てしまった。

あの日と同じように、思い切って話し掛けてみると、Ｋさんは困ったような、そして今にも泣きだしそうな顔で振り向いた。

どうしたのかと思い、Ｋさんが話し始めるのをＦさんが待っていると、Ｋさんが一言。

「人を呪うって、単純なことだと思ったんだけどなぁ……」

暗がりに浮かび上がるKさんの顔は、煤けていた。

いや。

顔のところどころ、襟から露出した首筋、喪服の上着を脱いだ半袖姿から見える腕。

そのすべてが、炭のようになっていたという。

透き間からは、赤黒く燃え尽きようとしている火が明滅している。

Fさんが声も出せずに後ずさると、Kさんは何も言わずにその場を去ってしまったそうだ。

その後、Kさんが出勤してくることは無かった。

しばらくして、自宅から焼死体でKさんが見つかったそうだが、火を使った形跡は無かった。

事件は、心不全として処理されたそうだ。

十四　旧防空壕

（宮城県桃生郡）


W君という、知り合いの青年がいる。

実家は宮城県の桃生郡。彼が言うには裏山もW家の所持する土地で、管理をしているのは祖父だそうだ。

「で、これはその祖父から聞いた話なんですけどね」

W君は語りだす。


遡ること、二十年ほど前の夏のことだった。

Y君というひとりの大学生が、祖父のもとを訪ねて来た。裏山にある防空壕を撮影したいのだという。どこで聞きつけたのか、「出る」と噂なのだと。

その噂に間違いはなかった。祖父も「見た」ことはあったからだ。当時からすでに裏山の管理は祖父の仕事のひとつだったため、防空壕にも入ることがあった。その中で、たびたび目撃していたのだという。防空頭巾をかぶった少女だ、おそらくは霊なのだろう。祖父にはY君にまでつながるような縁の覚えはなかったが、家族にでも話したことがそのうちの誰かから世間に伝わっていったのかもしれなかった。いつしか話はまわりまわって、このY君の耳に入ったというわけだ。

聞けば、彼は超常現象研究会というサークルを部長として運営しているのだという。今回は活動の一環として、「出る」場所を撮影するために許可をもらいに来たのだ。

彼の熱意に負けてしまった祖父は、二つの条件で許可を出した。ひとつ、危険なことはしないこと。ふたつ、危ないと思ったらすぐ撮影を中止して報告をすること。

ここから先は、後になって例のサークルの副部長から祖父が聞いた話となる。

無事撮影の許可をとりつけたY君は、早速サークルメンバーに招集をかけると、機材を防空壕の中へと運び込んだ。

入り口で最初に記録として数枚の写真を撮って、あたりを見回す。

その日は気持ちのいい快晴だったが、防空壕の奥までは陽の光が届いていないようだった。

ポカンと大きく開いた入り口は、見ている者に無邪気という印象を与えるほどあっけらかんと奥の暗がりをのぞかせている。その様子が今にもメンバーの誰かを飲み込んでしまいそうで、メンバーたちは、みな入るのを一瞬だが躊躇った。

中に入ってみれば、換気は二の次で作られたのだろう、湿り澱んだ空気が肌に纏わり付いてくる。

夏の暑さに汗ばんでいるのと相俟《あいま》って、なお一層の不快感を抱かせた。

「これは期待できる」

Y君はにやりと笑って、そうつぶやいたそうだ。

すぐに光の届かなくなった暗がりを、それぞれが持参した懐中電灯を頼りに、足元に気を付けながら進んで行く。

ある程度奥まで入り込んだところで、撮影の準備が始まった。

メンバーは各自、定点カメラを設置したり、録音機材を調整したりと忙しく動いていた。

二十四時間、音と映像を記録しようというわけだ。

そして、その現象は起きた。

音だ。しばらく機材の設置に集中していたサークルメンバーたちの耳に、音が聞こえてきたのだ。

暗く湿った空気から直接肌に伝わってくるような、それは男性の声だった。低い低い呻き声だ。驚いて誰もが一斉に顔を上げる。

次の瞬間には、お互いの顔を見合わせて、(聞こえたよな?)というアイコンタクトを交わしていた。

いよいよ「出」たか。

「誰? 呼んだの」

しかし、次に響いたのは全く様子の違う声だった。Y君だ。

ただひとり顔を上げて、全員が彼の顔に注目する中、メンバーを見渡しながら問いかける。

「今誰か呼んだでしょ? 『ちょっとこっちに来て』って」

「いやいや、誰も呼んでませんよ。それよりも、今、呻き声が聞こえましたよね? はっきりと、男の声が」

と誰かがY君に聞き返す。しかし、怪訝そうな表情が返されただけだった。

「そんな声しなかったよ。誰かに呼ばれたから、そっちを向いたんだけど……」

Y君も説明しながら気味悪くなってきたのか、だんだんと声が小さくなっていく。

同じ場所にいるのに、全く違う現象を体験している。それがどういうことなのかはわからない。ただ、たった今この場所で、何かが起きたということだけは間違いなかった。

早く作業を終えて帰りたい。一同はそう思いながら作業を急いだ。

しばらくして機材の設置を終えると、その日はそのまま解散となったのだ。


翌日の夕方になって、設置した機材を回収しようと、サークルのメンバーたちは集まった。だが、Y君だけが来ない。

いくら待っても来る気配がない。安否を確認する携帯メールにも返信はなかった。

前日のことも考えると作業で遅くなるのは得策ではない、という副部長の判断で、先に防空壕に入ることになった。

副部長を先頭に再び防空壕に入る。

彼の懐中電灯が照らした先には、集合場所には来なかったY君がいた。

灯りもなくどうやってそこまでたどり着いたのか。真っ暗な防空壕の中、一人笑いながら楽しげに「おままごと」をしていたそうだ。

「ふーん、そうなんだ」

「じゃあね、じゃあね、次は僕の番ね」

Y君のひとりごとが、防空壕の壁で反響する。

悲鳴を上げる者、目を見開いたまま固まる者、踵を返し逃げ出す者。メンバーの反応は様々だった。

混乱の中、副部長はゴクリと生唾を飲むと、Y君に話しかける。

「あの……、Y君？　何してるんですか、こんなところで？」

「うん！　この娘と遊んでたの！」

Y君は真っ暗な空間を指差すと、満面の笑みで答えた。

その声と表情は、まるで幼児のようだったという。

それからすぐ、ただ事ではないと感じたメンバーたちによって、Y君は強制的に家に戻された。これ以上何かあってはいけないと、その件については研究も中止ということになった。

しかし、その後もY君の様子はいっこうに戻らなかった。時折、「呼ばれてるから行かなきゃ」と言い出しては防空壕へ向かおうとするので、そのたびに誰かが引き止めていたらしい。

それはY君の卒業まで続いたのだとか。

卒業して、引き止めるものがいなくなったY君がどうなったかは、今はもう誰にも分からないそうだ。

十五　ラーメン研究会

（盛岡駅前）


みなさんは、『美味しいラーメン』が食べたいと思った時、どうするだろうか？

ほとんどの人が、「ラーメン店に行く」と答えるのではないだろうか。

「それは半分正解ですね」

と言うのは、大学生のK君だ。

では、残りの半分は何かと問えば、

「専門店に行くことですよ。例えば、醤油ラーメン専門とか、つけ麺専門とか」

彼に言わせれば、多様な味のラーメンを出している店というのは、汎用的なスープを作っているので味がぼんやりとするそうだ。

「醤油には醤油用のスープ、味噌には味噌用のスープをそれ専用に煮出してこそのラーメンですよ」

そう断言するK君は、大学でラーメン同好会という学校非公認のサークルを主宰している。その活動内容というと、授業後に空いている教室に集まっては『どこのラーメンは美味かった』とか『あのラーメン屋は店主が気に食わない』だとか、ラーメン店の情報を交換するようなものだった。

特に、このK君は筋金入りのラーメン好きで、三食ラーメンは当たり前、県外でも美味いとの噂ひとつで自ら足を運んでは、独自に作成したノートに事細かな感想や分析を書き込んで、サークル仲間からも一目置かれるデーターベースを所持していた。

そんなK君がある日、盛岡駅前を歩いていたときのことだ。

ちょうど昼時だというのに、視界に入るラーメン店はどれも一度は訪れたことのある店で、再訪しても良かったのだが、どうもそんな気分になれなかった。

「そうすると選択肢としては、チェーン店ですよね」

たまには、という気持ちで、とあるチェーン店に足を向けたそうだ。

とK君は言うが、取材中によくよく聞くと、わざわざ一駅移動したそうだ。そこまでする情熱がすでに怪談のような気もする。

やってきたのは、ショッピングモールの一角にあるラーメンチェーン店だった。

慣れた感じで食券を買って、席に座ろうとしたがカウンターは満席だった。昼のこの時間帯、テーブル席は混み方によって相席になる場合がある。せっかくならゆっくりと食事を楽しみたいもの。K君にはそうしたこだわりがあったが、ここまで来て食べないで帰るという選択肢も馬鹿馬鹿しい。

K君は少しだけ躊躇ったが、テーブル席に着いた。

すぐに店員が近づいてきて、テーブルにお冷を置いていく。代わりに、食券を拾い上げると「ラーメン一丁!」と元気の良い声でオーダーを厨房に告げて去って行った。

しばらくして、

「お待たせしました!」と先ほどの店員がラーメンを運んできた。

K君の前には、食券で買ったラーメンが置かれる。

同時に、K君の正面の席に、もう一杯ラーメンが置かれた。

見ると、それは頼んだ覚えのない塩ラーメンであった。

「あの……」

と声をかけて、自分はひとりで来たこと、連れはいないこと、そもそも頼んだ覚えもないことを店員に言って、塩ラーメンを下げてもらった。

店員は最初、

「え？　でも……」

と焦ったようだったが、K君の説明を聞くうちに、不思議そうな表情になり、

「あ、あぁ……、そう……、ですよね？」

と狐にでもつままれたような表情で、塩ラーメンとともに厨房に引っ込んでいった。

「なんだったんだ？」

とK君は思ったものの、まぁいいか、とすぐに食事に集中していった。


それからと言うもの、K君がラーメンチェーン店でテーブル席に着く、という条件が揃うと、必ず正面に塩ラーメンが配膳されるようになった。もちろん、そのお店に塩ラーメンがメニューとして存在していない場合は配膳されないそうだ。

毎回、頼んだ覚えがないこと、ひとりで来店していることを説明すると、どの店員も
「おかしいな」という表情で厨房に引っ込んでいく。

「青森県でも宮城県でも同じでした」

たしかに不思議なことだが、実害はないし、そもそもチェーン店に行くことなんて月に

一度あるかないかだ。

K君は、深刻に考えもせず、日々過ごしていたそうだ。

「確かにラーメンは好きですが、麺類って他にもあるじゃないですか」

K君は、その日、ベトナム料理店に来ていた。

特に意識せずに、ふらっと入ったお店だった。店内にはカウンター席はなく、自然とテーブル席に通される。まわりを見渡すと、食事時にもかかわらず、満席という感じではなく、いくつかのテーブル席に客がいるだけだ。自分と同じようなひとり客も見受けられる。

フォーのランチセットを注文して、しばし待つ。

トレーに乗せられて、K君の前にフォーが置かれる。

さっそくひと口食べてみて、

「塩ラーメンっぽいな」

と、ぼそっとつぶやいたその瞬間。

フォーのスープの水面に小波ひとつ立てずに、そのどんぶりが正面の席にズズズズズッと引き寄せられたそうだ。

もちろん、正面の席に人など座っていなかったという。

「だから、僕には塩ラーメン好きの何かが取り憑いているんですよ」

彼は今でも、ラーメン店巡りを続けている。

十六　コテージの訪問者

（八幡平市）


埼玉県に住むTさんは、二〇〇三年に職場の仲間たちとキャンプに行くことになった。

「初夏だったと思います。少しだけ暑くて。でも、キャンプ場は少し涼しかったかな」

仲の良い同僚七人で、成功したプロジェクトを祝う意味で打ち上げと称して、二台の自動車でキャンプに出発した。

東北自動車道に乗り、目的地を目指す。

しかし、出発して間もなく、対向車線で大きな事故を見てしまった。

車内では、プロジェクトの思い出話に花を咲かせていたのだが、一気に暗いムードになってしまった。

自動車の進むスピードも事故渋滞に巻き込まれて、人が走っているのとあまり変らない速度まで落ちてしまった。

そのゆっくりしたスピードで対向車線に目を向けると、大破したマイクロバスのような車体をクレーン車が持ち上げている。救急車や警察車両が路肩に並んで停車しており、レスキュー隊員や警官が忙しそうにしている様が見て取れた。

出発直後の盛り上がりはどこへ消えたのか、というくらい誰もしゃべろうともしなかった。

その時、一匹の蝿が、Tさんの乗る自動車のフロントガラスに張り付いた。

事故渋滞を抜けて、時速八十キロになろうかという自動車の空気抵抗を受けてなお張り付く蝿に、車内は意味もなく盛り上がったそうだ。

Tさんたちは、その後、何度かSAやPAで休憩を取り、数時間後には目的地であるキャンプ場にたどり着いていた。

予約していたコテージの横に自動車を停止させると、グループのリーダー格であるMさんがチェックインの手続きに、係員のいる事務所に向かっていった。

残されたTさんが、ふと自分たちが乗ってきた自動車のフロントガラスを見ると、あの蝿がまだ張り付いていて、ちょうど飛び立ってどこかへ行ってしまうところだった。

（変な蝿だな）

と思ったが、Tさんはそれ以上、気にしなかった。

Mさんが手続きを終えて戻ってくると、受付の係員から受け取った鍵でコテージを開けてくれた。

全員で自動車のトランクから荷物を降ろすと、コテージの中に運び入れていった。

荷物を運び、宿泊の準備を整えたTさんたちはコテージの居間で珈琲を入れてくつろいでいた。これからバーベキューをするために、関東からドライブしてきた疲れを少しでも回復しておきたかったからだ。

「あれ?」

仲間のひとりが、一階と二階の間にある採光用の窓を指差した。

全員がそれに釣られて視線を向けると、その窓には汚れた手で触ったような手形が大量についている。

「きもちわるっ!」

そう言いながら、別の仲間が雑巾を持ってきて外から拭いてくれた。

さて、その後外でバーベキューをしようということになり、Tさんが最初にコテージから出ようとした時だ。

ドアを開けた瞬間に、誰かとぶつかった。

尻餅をついて転がるTさんをMさんが手を伸ばして起こしてくれたのだが、Tさんはいったい誰とぶつかったのかわからない。

Tさんのあとに付いて出ようとしていた仲間たちも、何も見なかったそうだ。

バーベキューを終え、酒盛りも終わり、深夜になり全員でコテージで夜を明かした。

朝になって、Tさんたちが二階の寝室から一階の居間に降りると、そこには入れたての珈琲がひとつ。

(はて？　誰か起きてきていたのだろうか？)

あとから起きてきた仲間たちに問うも、誰も心当たりがないという。

Tさんたちは朝食を済ませ、外で朝の空気を楽しんでいた。東京ではなかなかできない体験である。

そして、コテージに戻ろうとした時、先頭でコテージのドアを開けた仲間が、勢いよく後ろに倒れた。ちょうど、コテージから出ようとしたTさんと同じように転んだのだ。

「え？　どうしたの？」
と、声をかけるTさんに、仲間は
「誰かにぶつかった……」
と答えるだけだったという。

帰りの自動車の中で、Tさんはふと気が付いた。

最初、コテージに入りたくて窓をベタベタ触った？

ドアを開けて出ようとした時にぶつかったのは、コテージに入ってきたから？

朝、珈琲が入っていたのは居間でくつろいでいたから？

仲間がドアを開けたときにぶつかったのは、コテージから帰ろうとしていたから？

そう考えると、気味が悪くて二度とキャンプに行く気にはなれなかった。

「あれから何度か思い出して考えるんですけど、もしかしたら、あの途中から付いてきた蠅。あれって、途中で見た事故で死んだ人だったのかも。ちょっと飛躍しすぎなんだと思いますが、その考えが頭から離れなくって」

Tさんの職場では、半年後にキャンプに行こうという計画が出ているそうだ。

十七　立候補

（奥州市）

これは、Eさんが高校生の時分に体験した話だ。

Eさんは、二十歳の男性である。彼は高校生のとき、みんなが嫌がることを率先して引き受けていたそうだ。

「ええ、それはもう熱心に。クラスの掃除をひとりでするとか、飼育していた動物の死骸を埋めるとか、そういう大抵の人が避けたがることを、自分からやるようにしてたんです。内申点を気にしてっていうのもあるんですけど、それが僕にとっては人気者になる近道だったっていうか」

そうした下心はさて置き、とにかくEさんはそのおかげでクラスの中心人物でいられたそうだ。

高校三年生の夏休み前のことだった。

クラスにひとり、ある場所で幽霊を見たという者が出た。

深夜、親の車に乗せてもらっていたら、窓から女性の幽霊を見たというのだ。女性は半透明で、向こうの景色が透けて見えたのだと。

その話を聞いたクラスは一気に騒然となって、当然のように誰か撮影してこいよということになる。そうなるといつもの流れだ。Eさんは自分から名乗り出た。


その夜。

さっそくEさんは藤橋に来ていた。クラスメートが女の幽霊を見たという場所だ。

ネットで調べてみたら、どうやらその幽霊というのは親子らしい。この橋から投身自殺をした母親と、その子供のことであった。

ただどれだけ調べても、子供の霊と出くわしたという話にはたどりつけなかった。どの目撃談も母親についての記述だけだったのだ。

Eさんは自分のスマホを構えて録画を開始すると、クラスメートが幽霊を見たという橋の真ん中を目指して歩きだした。

夜だけあってあたりは暗く、五十メートル間隔に並ぶオレンジ色の外灯は、この場面では心もとなかった。いつ幽霊が出てもおかしくない、そう思わせる雰囲気がこの場所にはあった。

しばらく歩くと、件の橋の中央にたどり着く。ちょうど川の真上なのだろう、橋を渡り始める前よりも水の流れる音が大きくなっていた。

外灯の光が届く範囲は広くない。すぐ目の前には漆黒が広がっていた。

Eさんは橋の下をのぞき込み、（ここから親子が落ちたのかな？）と考える。

下の河原には小道があったが、もう長い間誰も通っていないのか、雑草が生え放題であった。水の音しか聞こえてこない。自分が怖がっているだけで、何もないただの橋なんだろうという気がしてきた。スマホを川に落とす方が今は怖い。

（まぁ、このまま何も出ないんだろう）と顔を上げると、十メートルほど先に一人の女性が立っていた。こちらを見ている。

次の瞬間。

Eさんは、スマホで撮影していることなど完全に忘れて、全力で駆け出していたそうだ。

しかし、数秒走ったところで、ひとつ気になった。

それは、『もし、生きている女性だったとしたら』ということだ。

深夜とは言え、まったく有り得ないことではない。むしろ冷静に考えれば、その方が確率は高いだろう。もし自殺志願者だったらどうする？　そんなことが頭を過った。

Eさんは意を決すると、もう一度走ってその場に戻った。

「あの……、こんな時間にこんな場所で、どうかしたんですか？」と声をかけると、その女性は、

「いえ、子供にお土産を買ったんですけど、落としてしまって……」と困っているようだった。

良かった、普通の生きている人間だ。

そう思ったEさんは、もう一度橋の下を覗きこんだ。女性も隣で下を見ている。

しかし、そこには川の水が流れているだけだった。しかも真っ暗闇で、スマホも外灯も明かりが川まで届かない。

夜空をそのまま注いだような、黒い水面がかろうじて見えるばかりだった。

（これはダメだな）と思い、Eさんは顔を上げた。

それと同時に、

「ねぇ、何見てるの？」と、自分の腰のあたりから子供の甲高い声がした。

びっくりして声が聞こえた方を向くと、そこには、満面の笑みでEさんに問いかける子どもがいる。さっきまでどこにも子どもなんていなかったのに。

「親子の幽霊」という情報が頭の中を駆け巡る。反射的に走りだして、もう足を止めることはなかった。一度も振り返らず、その場をあとにしたそうだ。

後日Eさんが動画を見返してみると、ただただノイズが流れるばかりで、何も撮れていなかったという。

十八　首崎

（大船渡市）

怪談の蒐集で、とてもお世話になっている人が二人いる。その中の一人、Aさんという人の体験談だ。

私は大学を卒業後にある地方銀行に就職し、岩手県の遠野市にある支店に配属になりました。

実家は二戸市周辺（岩手県の中でも北の方に位置しています）にあり、大学も県外だったため、遠野市周辺にはあまり足を運んだことがありませんでした。

初めて来る地域を見るのが嬉しくて、他の支店に転勤してしまう前にと、週末には遠野市を中心に色々な場所に足を運びました。

ふるさと村や、伝承園、幽玄洞、中尊寺、岩手サファリパーク……、メジャーな観光スポットからマイナーな場所まで、この地域には友達がいなかったので、ほとんどお一人様でしたが、たまに銀行の同僚と一緒に行ったりもしました。

銀行で働き始めて二年目になった時、大型連休で実家に帰省することになり、その前に首崎に行ってみようと思い立ちました。

首崎は岩手県大船渡市と釜石市の間の三陸町にあり、蝦夷のアイヌの酋長（他にもこの地に棲んでいた鬼、という説もあります）が戦いに敗れて処刑され、その首が流れ着いた場所、という少し怖い伝説が伝わっています。

首崎の南には足が流れ着いた場所と言われる脚崎《すねざき》、首崎の北には死体のその他のパーツが流れ着いた場所と言われる死骨崎という名前の半島もあります。

自殺の名所としても有名で、海を見つめる男性の幽霊や、和装の女性の幽霊などの目撃情報がある他、以前に焼身自殺した男性がおり、その焼け跡がまだ残っている、首崎にある灯台に焼け死んだ男性の手形が現れ、上から何度ペンキを塗り直してもまたその手形が現れる、灯台の裏に回り込むと線香の匂いがする……などの不吉な噂もつきまとっています。

ただ、その崎から眺める日本海は絶景！　という話を聞いて、ずっと行ってみたかったので、方向は違うけど、美しい海を眺めてリフレッシュしてから帰省しようと思ったのです。

その話を同僚にしたことを耳にしたらしく、後輩のSちゃんに、私も同行して構わないですか？　と聞かれました。

Sちゃんは当時、銀行の仕事に慣れることができず、何度もミスをしては怒られたり注意されたりの毎日で、周囲の先輩達も段々イライラしはじめ、挨拶を無視したり雑談の輪に加われないような空気を出したり、それを感じとってか本来明るく朗らかだったSちゃんは気の毒なくらいに萎縮して、段々と笑顔がなくなり、職場に来るのが本当に辛そうでした。

もしかして自殺の下調べなんじゃ……という考えが頭をよぎりましたが、Sちゃんによると、灯台を見るのが好きなんですが、一人では行きづらかったので、是非……という話でした。

待ち合わせの時間と場所を決めていると、上司のUさんも、行ったことがあるから俺が案内しようか？　と、声をかけてくれました。

Uさんは四十代半ば、とても若々しくて爽やかで藤○直人さん似のイケメンですが、最近離婚したばかりで、離婚理由はUさんの浮気だと噂されていました。

離婚して暇だからですか？　という心の声を飲み込み、助かります、と答えました。

連休初日、少し変わった組合わせの三人で待ち合わせ、Uさんの車に乗り合わせて首崎に向かいました。

五～六キロあるデコボコと道の悪い林道を走り抜け、途中からは車を降りて徒歩で進みます。

上り坂が続き、最近運動不足だった私には結構厳しい道のりで、Uさんのアドバイス通りスニーカーで来て本当に良かったと思いました。

灯台が見えてきた時にはSちゃんが嬉しそうな声を上げ、それからしばらく歩いてやっと灯台に到着しました！

本当に疲れたけど、首崎灯台から見る景色は噂通りの絶景！

青と緑が入り混じった海の美しさに見とれ、頑張った甲斐があったと心底感動しました。

その後三人でランチをして、私はそのまま実家へと帰省しました。

しかし、久し振りに実家に着くと、祖母が私を見るなり、

「玄関に戻って！　○○さん（私の母）！　塩！　塩まいて！」

と叫び、私は玄関でお葬式帰りのように、体に塩をふりかけられました。

その時初めて知ったのですが、祖母は「たまに見えてしまう人」だったらしく、私に変なモヤがかかってた、と言うのです。

実は今日自殺の名所に行ってきた、というと、それでかもね、と言われ……少し気味が悪かったものの、そんなことも長期の休みを満喫するうちに忘れてしまい、連休明けに仕事に行った時のことです。

UさんとSちゃんが来ていないのです。

二人とも体調不良とのことでしたが、次の日もその次の日も来ませんでした。

そして四日目、Sちゃんからうつ病が原因で休職届が出されたことを知りました。

一緒に首崎に行った時は元気そうだったけど、大型連休を挟んでしまうと、どうしても馴染めない職場に来るのは辛かったのかもしれません。

Uさんは原因不明の高熱が続いているそうで、看病してくれる奥様も、もはや離婚して

家にはいないため、一人で闘病していたようです。

どこの病院に行っても原因が分からず、ついに入院することになり、検査した結果ウイルス性の髄膜炎、という診断結果がついたそうです。

三週間後、仕事復帰したUさんは別人のように痩せ、若々しさも消え失せて十歳くらい老け込んでしまったかのようで、非常に驚いたのを今でもを覚えています。徐々に元気になっていきましたが。

Sちゃんは約一年後に復帰したそうですが、私はその前に転勤してしまい会わず終いとなりました。


あれから色々考えたのですが、二人がこうなったのは首崎に行ったからなのではと思うのです。

Uさんは離婚直後、Sちゃんは職場でいじめられ、二人とも心に重いものを抱えていました。

そこに何かがつけこんで、心や体に負荷をかけたのでは……と。

私に何も起こらなかったのは、特に悩みを抱えていなかったからなのか……でも、祖母が清めの塩をふりかけてくれなかったら、二人の巻き添え（?）で黒いモヤによって私も体を壊していたのかもしれません。

確証のない話なので何とも言えませんが、私はあれ以来、心が弱っていたり悲しみを抱えている時期（彼氏とお別れしたり、家族が亡くなった時など）は、いわくのある場所には近寄らないようにしています。

十九　繁華街にて　その二

（盛岡市）


「たぶん、話しかけちゃダメだったんだと思います」

そう話してくれたのは、二十代後半の女性、Aさんだ。

五年前のことだ。

彼女は、就職直後に東京から盛岡へ二年間の転勤ということで、清水町のマンションに住んでいたという。

大学時代の友達と電話で愚痴を言い合う日々だったが、いつも気になることを言われていた。

それは、「Aちゃんの会社って、飲み会多いよね」という一言だった。

金曜の夜は当たり前、水曜に週の真ん中だからと飲むこともある。

月曜から飲みたいという同僚がいれば、ほぼ全員で居酒屋に直行という時もあったそうだ。

そんな環境の中、Aさんも飲むことそのものは嫌いではないので、付き合えるときは付き合っていたのだが、やはり財布と相談する機会が多くなってきた。

新卒の女性である。洋服だって買いたいし、東京の実家にも帰りたい時もある。化粧品だって良いものを買いたい。


ある金曜日のこと。

いつものように、Aさんは同僚と盛岡駅から少し行ったところにある大通商店街の、とある居酒屋で飲んでいたそうだ。

明日は休みだということもあって、かなり遅い時間まで飲んでの解散となった。

同僚たちは互いに挨拶を交わし、ある者は駅に向かい、ある者はタクシーを拾う。

Aさんは、財布の中身を気にして自宅まで歩こうとした。やはり、連日の飲み会は財布に厳しい。


清水町の自宅まで歩きだして、少し経った時だ。

同じ方向に歩いていく人も少なくなって、Aさんのまわりには数名の男性が歩いていた。

すると。

Aさんの歩く先の電柱の下に、外灯に照らされて頭からつま先まで真っ黒な人影が立っていたという。

その影は、人の形をしているものの服を着ているのかいないのか、顔はあるのかないのか、外灯に照らされているにもかかわらず、まったくわからなかった。

Aさんが驚いて立ち止まると、他のまわりを歩いていた男性たちもそれに気が付いたのだろう。ピタリと歩くのをやめ、その影を全員が注目した。

すると、影はペタンとその場で四つん這いになると、何かを探しているかのように、両手で道路をまさぐりだした。

それは、まるでコンタクトレンズを探しているかのような光景だったそうだ。

ほろ酔いだったAさんは、なんとなく駆け寄っていって、「大丈夫ですか?」と声をかけた。

すると、今まで（おそらく）下を向いていたであろう影が、グルンと頭を動かしたかと思うと、はっきりと顔の部分にあった真っ白な二つの穴で、Aさんを見つめてきた。

びっくりしたAさんが悲鳴すら上げられずにいると、その影は四つん這いのまま、道路にズブズブズブ……、と溶け込んでいったそうだ。

唖然としたが、ふと顔を上げると、まわりの男性も驚いたような表情でAさんを見ていた。

遅れて悲鳴を上げてAさんは、そこから走って逃げたそうだ。


しばらく歩いて自宅が近づいてくると、あることにAさんは気が付いた。

それは、自宅のマンションに続く入り口の前に、先ほどの影が立っていたのだ。

今度は、さっきと違ってまわりに人はいない。何かあっても自分でどうにかするしかないのだ。

そう思って固まっていると、先ほどと同じように影は四つん這いになると道路をまさぐり始めた。

それを見たAさんは、踵を返して職場まで走って逃げたそうだ。

職場は、寝泊りができるので土曜は職場で過ごしたAさんだったが、いつまでもそうしているわけにいかず、日曜の昼間にいったん帰ることにした。

部屋の中は特に何もなかったそうだが、部屋に帰ったAさんが見たものは、絨毯の毛が無数にまさぐられた跡だった。

そのまま同僚の女性の家に転がりこむと、翌週には引っ越しを決めたそうだ。

二十　海座頭

（宮古市）


海座頭という妖怪をご存じだろうか？

その昔、三陸沖に出現したと言われている妖怪で、海面に琵琶法師を思わせる風貌で右手に杖を持ち立っている老人。その体躯は巨人と評してもおかしくはないほど大きい。それが、海座頭だ。


二十代後半のWさんは、宮古市で妻と息子の三人暮らしだそうだ。

彼から遡って曽祖父・祖父・父と三代とも、海座頭に遭ったことがあるのだという。

最初は、曽祖父が遭遇した。

彼が十歳の時だった。

父（Wさんからすると高祖父）に連れられて、小さな船に乗って海に出ていると海面に何かが居る。

それは、鼻から上を海面に出したお坊さんのような老人であった。その顔半分の者がこちらを睨んでいる。

驚いて父を呼ぶと、父は笑いながら「それは海座頭という妖怪だよ」といった。

（妖怪？）と思って振り返ると、そこには何もなかったそうだ。

あとから父に、海にはたくさんの妖怪がいて親の言うことを聞かないと、海底に引きずり込まれるぞと脅された。

体の良い躾《しつけ》というわけだが、まだ子供だったWさんの曽祖父には、効果はてきめんだった。

次は、父が遭遇した。

Wさんの父は二十歳の時に、父（Wさんからすると祖父）の跡を継ぐか、上京して就職するか、進路に悩んでいた。

埠頭に座り、ぼんやりと考えていると、突然、

「こわいか？」

と、誰かから声をかけられた。

声のした方に目を向けると、そこには海面から顔だけ出した老人が居たという。

あまりのことに何も言えないでいると、その顔はすうっと海底に消えていったそうだ。


そして、最後は祖父だ。

孫（Wさん本人）がある日、海に行きたいと言い出した。まだ小学校の低学年である。水の事故の怖さをしっかり言い聞かせて、家族で連れて行くことになった。

昼過ぎ、Wさんがいないことに気が付いた。慌ててあたりを見回すと、少し離れた海面上に何かいる。それは、海座頭だった。

人ひとり分ほどの太さのある腕に抱えられているのは、探しているWさんだった。

咄嗟に走り出すと、海へ走っていく。

するとこちらに気づいたのか、海中に入っていくではないか。

このままでは息子が連れ去られてしまうと慌てたのだが、海中に消えていったのは座頭だけで、Wさんは無事砂浜に連れ戻された。

こんな体験をそれぞれが持っているのだから、Wさんの家は完全に海座頭を信じている。

そして、Wさんも最近、この海座頭らしきものを見たというのだ。

それは、ある夏の蒸し暑い日だった。

外に出るのも危険視されるような日で、日本の各地で最高気温の記録が塗り替えられていた。

とても外出できそうにないな、とWさんが二階の書斎で読書をしているときだ。

唐突に稲妻が走り、豪雨になった。外は嵐のようになり、隣の家まで視界が確保できない。

これは余計に外出できないな、と思っていると、突然、下の階で悲鳴がした。それは、自分の妻と息子のものだった。

慌てて一階に駆け降りる。

居間へと続く襖を開けると、そこには昼寝をしていたのであろう妻と息子が布団の上で固まっていた。

その二人の目線の先を見た。

そこには、窓に逆さになってぶら下がった老人、いや海座頭が居たのだ。

不気味に笑うそれは、まるで蜘蛛が這うように屋根へと消えていった。

冷静さを取り戻した妻に聞くと、昼寝の最中にふと目が覚めた。すると、そこにはまだ幼い息子に手を伸ばす海座頭が居たという。

あまりのことに悲鳴を上げると、それに起きた息子も大声で泣き出した。

いつの間にか、窓が開けられていて、そこから外に海座頭は逃げていったのだそうだ。


いったいなぜ、Wさんと Wさんの息子さんは海座頭にさらわれそうになったのか？

それはわからないとWさんは言う。

ただ。

祖父の時の出来事から、海座頭はこちらに何かしようとしてきているので、祖父が何か隠しているのではないかと、Wさんは考えているそうだ。

二十一　黒森山

（紫波郡紫波町）


二十一歳のF君の話だ。

彼は、動画投稿サイトを利用して有名になろうとしていたという。

両親や、すでに嫁いでしまった姉に相談すると、それは強く反対された。特に姉からは、身内にそんな人間がいると嫁ぎ先の親戚から良く思われないと、涙ながらに訴えられてしまったのは、F君としても堪えた。

しかし、激しい口論の末、とりあえず大学はちゃんと卒業することを条件に、動画投稿の活動を許された。

最初にアップロードする動画は、注目を集めやすいキャッチーなものでなければならないと考えた彼は、延々と悩んだ末に、心霊スポットの探訪動画にすることにしたそうだ。

そして、最初の撮影に選んだ心霊スポットは、自宅からバイクで行ける範囲で最も近い場所。それが、黒森山だった。

黒森山は、盛岡市と紫波郡紫波町の境にある標高八百メートル超の山である。金の採掘や精錬が盛んだった当時、多くの坑道が掘られた歴史ある山だ。そして、同時に県内でも有名な心霊スポットでもある。

ある時、黒森山に家族が登山に来て、姉妹が遭難してしまった。

捜索は困難を極めたが、結局、腐乱した姉妹が発見されるという、非常に痛ましい結末を迎えた。

その直後から、黒森山にある神社近くでは、女の悲鳴が聞こえるとか、口から血を流す少女が目撃されたとか、そうした噂が絶えなくなっていった。

姉妹の霊が出るという噂まであった。

その姉妹に捕まって話しかけられてしまうと、どこかへ連れ去られるという話だ。

さて、F君はそうした噂があることを知っていて、黒森山を訪れた。

時間は、深夜一時。

バイト代で買った暗視カメラを片手に、姉妹の霊が出るという神社を目指した。

山道を行くと、神社の社がある。

姉妹の霊は、神社に出るということであったが、この神社には出ないはずだ。

彼が下調べで使用したインターネットのオカルト専門サイトには、『山を登って二つ目の神社に出る』と書いてあった。

F君は、その神社を素通りすると、二つ目の神社へと歩いていった。

どれくらい歩いたか、懐中電灯の照らすその先に、うっすらと建物が見えてきた。

F君は、あれがその神社だろうかと自然に早足になる。もちろん動画作成のための実況を忘れずにしゃべり続けながら。

その時。

F君の向かう先から声が聞こえてきた。

一瞬、(姉妹の霊か)とも思ったが、よくよく耳を澄ませると、それは大勢の人たちの話し声だった。

(先客が居たのか)と思いながら、道の横、茂みに隠れる。

こんな場所に大勢で来るのは、不良たちというのが定番だ。

絡まれては困るので、茂みに隠れたF君は彼らをやり過ごすことにした。

しかし、いつまで待っても彼らは来ない。その内容は聞き取れないが、相変わらず話し声はしているのに。

その時、F君はあることに気が付いた。それは、話し声のする先、いっさいの灯りが無いことだった。

(人じゃないのか……?)

そう思うと同時に全身に鳥肌が立つ。

実況することも忘れて、慌てて下山したという。

そんなことがあった翌日から、F君に変なことが起こり始めた。

自宅でひとり部屋にいると肩を叩かれる。振り向くが、当然誰もいない。

歩道橋で階段を下りていると、誰かに押されて転げ落ちて怪我をする。警察に訴えるも、近くの防犯カメラにはF君しか映っていなかった。

バイクで発進しようとしたら、突然背中の服を掴まれて、怪我こそしなかったが、バイクはそのまま走り出して電柱に衝突して大破した。

いったい何が自分に起きているかわからず困り果てていた。

そんな折、姉が実家に遊びに来ていた。

事の顛末を報告しようと、居間へと続く襖を開けると、振り返った姉に、

「なんで女の子二人も連れ……、それ、どこで連れてきた？」

と怪訝な顔で、問い詰められてしまった。

そこで、Ｆ君は黒森山に行ったこと、そこで変なことがあったことを両親と姉に報告した。

すると、問答無用でお祓いに連れて行かれたそうだ。

撮影機材を取り上げられたＦ君は、今はプロゲーマーを目指そうと両親と姉を説得中だそうだ。

二十二　座敷わらし　その一

（遠野地方）

岩手県をテーマとして怪談を語るとき、座敷童子を避けて通ることはできないだろう。民俗学者・柳田國男氏の『遠野物語』に「この神の宿りたまふ家は富貴自在なりといふことなり」という記述がある。

これが所謂、座敷童子のことで、「座敷童子の住む家は繁栄する」「座敷童子が去った家は衰退する」ということに繋がるのであろう。

この遠野というのが、遠野郷（『遠野物語』が発表された当時、明治の町村制によって編制された綾織、遠野、松崎、上郷、土淵、附馬牛のこと）を指していて、現在の岩手県遠野市のあたりだそうだ。

そして、日本各地に座敷童子に会える宿というのが存在するが、岩手県ほどそういわれる宿が多い都道府県はないだろう。軽く調べただけでも、二戸市の「緑風荘」、盛岡市の「菅原別館」、遠野市の「民宿わらべ」と、怪談マニアならずともテレビで聞いたことのある宿が出てくる。

さて、そんな「座敷童子」であるが、「座敷童子の住む家は繁栄する」は本当のことだろうか？

ここに二例ほど、今回の取材で手に入れることができた体験談を紹介しよう。

取材の中で、実際に座敷童子に会い、そして一緒に暮らしていたという話をしてくれたのは、八十代になるFさんだ。

彼は七十年以上前、上閉伊郡附馬牛村に住んでいた。両親は当時、林業に従事していて、村民としては標準的な暮らしをしていたそうだ。

そしてそれは、Fさんが物心付いた頃から『居た』という。

昼間、家の前のあぜ道で友達たちと遊んでいると、一人多いような気がする。

不思議に思って友達を集めてみるが、そんなことはない。

気のせいかと思って、また遊び始めると、やはりなんとなく一人多いような気がする。

友達たちも、Fさんが集合をかけては解散させ、また集合をかけるといったことを何度も繰り返すので、怪訝な顔をする者、理由を問うてくる者、それも遊びの一種だと思って気にしない者と、反応は様々だった。

また、夜には用を足そうと厠へ行く途中、誰かとすれ違うことがあった。それは、自分と同じくらいの体格で、（あれ？）と思って振り返ると、そこには誰もいないというようなこともあったし、足音だけが遠ざかっていくというようなこともあった。

さすがに気味が悪いと思い、両親に相談すると「それは座敷童子様だよ」と言われるだけで、真剣に取り合ってもらえなかったそうだ。


昭和二十三年、岩手県に台風が直撃し、県全域に甚大な被害をもたらした。附馬牛村も例外ではなく、その復旧の困難さに自殺を考える者まで出る騒ぎとなった。

そんな中、Ｆさんの家だけは半壊することすらなく、外出していた父親もまったくの無傷で帰ってくるなど、村全体の損害と比べると驚くべき被害の少なさであったという。

台風一過のあと、Ｆさんは家に座敷童子が居ると強く信じるようになったそうだ。それは、台風直撃の夜、両親が仏壇や祖父母の位牌に祈るよりも、一心不乱に居間でお手玉に祈っているところを見たからで、そのお手玉はＦさんが家で一度も見たことがない遊び道具だった。

ただ、両親からはきつく座敷童子のことを他言するなと言われていた。狭い村である。どのような噂が立って、強引な方法で座敷童子を連れ出そうとする輩がいるかもわからない。Fさんの両親は、座敷童子を独占するつもりだったようだ。

しかし、何がきっかけかわからないが、ある日突然、遊んでいる最中や家の中で、座敷童子に会うことが無くなってしまった。

それを機に、Fさんの家は見る間に貧しくなってしまった。母親は、原因不明の微熱に悩まされるようになり、父親も仕事中に利き腕を失くしてしまう大怪我を負った。

Fさんも、呼吸器系の病気（のちに肺気腫とわかった）にかかってしまい、以前のように友達と外で遊ぶことができなくなってしまった。

「記憶違いなのか、気のせいなのかわからないけど、座敷童子が来る前より貧しくなってしまってねぇ」

その後、Fさんは盛岡市に引っ越して、現在は曾孫たちと暮らしている。

もうひとつの話。

Aさんが最近まで住んでいたのは、鉄筋コンクリートで建てられた近代的なマンションだった。

四年前に、盛岡市に仕事の都合で引っ越してきたのだ。


今から半年ほど前の寒い日のこと。

深夜、Aさんが部屋のベッドで寝ていると、部屋の前、マンションの廊下を誰かが歩く音が聞こえてきた。

（誰だよ、こんな時間に）

と仕事で疲れた身体を起こして小さく悪態をついたが、ひとつ疑問が湧いた。

聞こえてくる、その足音は下駄の音だった。

しかも歩いているというよりは、小走りに駆けているという印象だ。

すぐに止むだろうと思っていたのだが、どうやら部屋の前の廊下を往復しているようで、いつまで経っても止む気配がない。

（何やってるんだ？）

Aさんは気になって、ベッドから降りるとカーディガンを羽織り、ドアの前まで行き、一気にドアを開けた。

するとそこには、吃驚した表情で固まっている、おかっぱ頭で赤い和服を着た小さな少女が自分を見上げていたそうだ。

驚いて固まってしまったのはAさんも同じで、お互いしばらくの間、見つめあっていた。

しかし、ある瞬間、すうっと少女は消えてしまったのだという。

いったい何が起きたか理解できなかったAさんは、それから寝付けず、寝坊して会社に遅刻してしまったそうだ。


そんなことがあってから、不思議とAさんに運気が上がっていった。

仕事で失敗するようなことはなくなり、上司からの評価も上々で、同僚の女性と付き合うようになった。

探していたプレミアのプラモデルも、オークションで（良いのだろうか？）というような安価で手に入った。

と、同時に自分の部屋に変化があった。

仕事から帰ってくると、荒らされている。いや、そうではない。いたずらをされているように思えた。

居間の床一面に米櫃にあった白米が散らされていたり、干したはずの洗濯物が生乾きのまま椅子の背もたれに重ねて置かれていたり。

最初は、誰かの嫌がらせかと思ったが、部屋の壁にクレヨンで描かれた絵を見たとき、

(あぁ、これは子供のいたずらだ)と思ったそうだ。

それは、たぶんAさん本人であろう人物と、そしてあの夜に出くわした子供が、幼稚園生くらいの画力で描かれていたからだった。

そこで初めてAさんは、最近の好調と、あの夜出くわした少女が頭の中で繋がったのだという。

(この絵、座敷童子のように見えるな。最近の好調はあの子のおかげかな?)

おそらく、Aさんの外出中に部屋のどこかから出てきて遊んでいるのだろう。

Aさんは、それ以上いたずらされていても怒らずに、たんたんと掃除をすることにしたそうだ。


しかし、その状態もあまり長くは続かなかった。

その日、彼女とのデートから帰ってきたAさんの目にしたものは、バラバラに壊された

あのプレミア付きプラモデルだった。

さすがに、大事なものを壊されて怒り心頭のAさんは、どこに隠れているかわからないいたずら好きの子供に怒鳴り散らした。

すると、今まで感じていた『部屋にもうひとり居るような気配』が、ふっと消えてしまった。

子供が怒られて逃げただけ。そのうち戻ってくるだろうと思っていたが、その後、気配が戻ることはなかった。

「それからが散々でね。すぐに彼女に別の好きな人ができたとかで別れ話を切り出されて、そのあと仕事で一千万単位の受注を自分のミスで逃して、二週間前に左遷だよ」

電話の向こうのAさんからは、乾いた笑い声しか聞こえてこなかった。


と、二つの例を読んでいただいたわけだが。

いささかサンプル数が少ないが、共通して言えるのは、「座敷童子と一緒に住んでいた」ように思えること、そして「その後、良いことがあった」こと。

たしかに、座敷童子と会うと良いことが自分に起こるようだ。

ただ……、もうひとつ。

「座敷童子が去ったあとは悲惨なことになる」ということが、さらに共通点として言えるのではないだろうか。

と、すると。

ここで、疑問なのは「座敷童子が去ったあとは、座敷童子と会う前に戻る」ことではなく、マイナスとも言えるほど運に見放されているのは、なぜかということだ。

それは、もしかしたら、座敷童子はたしかに幸運を運んでくる存在かも知れないが、去るときは、必要以上の運を持って行ってしまうのではないだろうか。

そういう意味では、恐ろしい妖怪だとも考えられる。

二十三　取材

（盛岡市）


今回、岩手の怖い話を書くにあたって、取材として盛岡駅に降り立った。

いつもであれば法事や年始の挨拶回りで訪れるのだが、改めて心霊スポットの取材だけしたいということで、親戚には連絡せずに来てしまったのが、心苦しいところだ。

ただ、もし岩手県に行くことを伝えてしまえば、終始、何かと手助けをしてもらい身に付く取材にはならないだろう。

そんなわけで、岩手への一人旅と相成った。

その日、小気味よく晴れ上がった秋の一日で、十月も終わりにさしかかろうという時期だった。

まずは、盛岡駅から徒歩でも訪れることができる網取ダムを目指した。

そこは、自殺者が多く、地縛霊となって彷徨《さまよ》う姿が目撃されていたり、ほとりに佇む少女の霊が目撃されていたりする。

昼間のうちに行っておかないと、夜になって行ってみて、暗すぎて何があるかすらわかりませんでしたでは、取材の意味がない。

盛岡駅を出て、大通り三丁目を抜け、盛岡城跡公園に寄り道して、中津川沿いを、写真を撮りながら歩き続ける。

県道36号線へ入ると、歩道と呼べるものはなく、自動車に轢かれないように白線の内側を歩いていった。

歩き始めて二時間もすると、網取ダムへと続く網取トンネルが見えてきた。

入り口の壁は、トンネルが開通してからかなりの年月が経ったであろう事は見て取れる。中を見ると、白く塗られた壁は、開通した当時そのままといった感じの天井と比較して、真新しく思えた。

出口までの距離は、百メートルくらいだろう。

額の汗を拭うと、段差になっている歩道の上に乗り、そのまま歩き続けた。

大人三人が並んで歩くには狭い歩道を進みながら、網取ダムに着いた後のことを考えていた。

どこを写真に収めようか、帰りはどの道を通って、どこに行こうかなどと、考えに集中してしまったようで、いつの間にか俯いて歩いていた。

——と。

二人の男性とすれ違った。

いや、正確には俯いていたので、視界の端に男性の脚が四本入って来たのを感じた。

その瞬間、すぐにそれは軍服姿の兵士だと思った。

両脚しか視界に入らなかったものの、そのズボンで直感的に歩兵とすれ違ったんだと思った。

次の瞬間には振り返ったが、そこには誰もいなかった。

トンネルのちょうど真ん中あたりで、呆然と立ち尽くした。

正気に返ると、網取ダムのことも忘れ、タクシーを拾うとすぐにホテルにチェックインした。

部屋で網取トンネルやダムのことを調べたが、先ほど見たものと結びつくような記事はなかった。

あれは、疲労が原因の見間違いか、あるいは、霊との遭遇を期待する気持ちが見せた幻か。

二十四　事務所待機

（宮古市）

宮古市を東西に蛇行しながら流れる閉伊川は、二級河川だそうだ。

宮古湾に注ぐ下流域になると、河川敷は幅広の閉伊川と同等の広さがあり、周辺には公共施設や工場が建ち、国道106号線が並走する。

そうした中、河川敷にプレハブのような土木事務所が建つことが稀にあった。

Iさんの職場は二交代制で夜勤があった。と言っても、同僚は六名しかいない。小規模の事務所としては、珍しい勤務体系だったそうだ。

夜勤は基本的に一人で対応する。その目的は、顧客からの依頼で現場に行ったり、書類を届けたりすることだった。

しかし、そのような依頼はごくごく稀で、ほとんどは朝まで寝て事務所待機するというのが夜勤の日常であった。

ある夏の夜の事。

その日、Ｉさんは夜勤の当番だった。

いつものようにコンビニで夜食を買い込んで、事務所に出勤したのは十九時を過ぎた頃だった。

何事も無いと思っていたのだが、零時過ぎに顧客からの電話でたたき起こされた。夜食を済ませて良い気分で寝ていたＩさんは不機嫌になりながらも、顧客から依頼された書類を指定された現場へ届けた。

事務所に戻ってきて、時計を見ると二時を少し回ったところだった。

夜にしては蒸し暑い。

それまでの激務の疲れもあって、もう一度睡眠を取ろうと、事務所の簡易ベッドに潜り込んだ。

三十分くらい眠っていたであろうか。

ザッ……、ザッ……。

靴音が外から聞こえてきた。

まだ、カーナビが無い時代の話である。事務所の隣の部屋——普段は給湯室として使っている——は、電灯をつけたままになっていて、深夜でも人が道を尋ねに来たりもする。事務所は平屋で一階しかない。Iさんの居る窓際に置かれた簡易ベッドから上半身を起こすだけで、窓から外を見渡すことができたそうだ。

Iさんは、起き上がるとカーテンを少しだけ捲り、誰が来たのかと確認しようとした。しかし、そこに人影は無かった。

窓を開けて、足音を聞こうともしたが、蛙の鳴き声くらいしか聞こえなかったという。気のせいだろう、ということにしてIさんは再び眠りについた。


どのくらい時間が過ぎただろうか。

突然の耳鳴りで目が覚めたときには、すでに金縛りに遭っていて、身体はまったく動かなかったそうだ。

驚いて目を開けると、事務所の入り口あたりに、人の気配を感じた。

顔をそちらに向けて、いったい誰が居るのかと確認したいのだが、そもそも身体がまったく動かない。

霊感のようなものは自分に無いと思っていたIさんだったが、このときの金縛りは疲労から来るものではないという確信があった。

一瞬。

本当に一瞬だけ、Iさんは何の前触れもなく気絶したそうだ。

意識を取り戻したIさんは、身体に自由が戻っていることに気がついた。

夢か、あるいは、あるいは疲れていたのだろうと自分に言い聞かせたのだが、なんとなく嫌な気配が残っていたので、それからは眠らずに同僚が出勤してくるのを待っていた。


朝になって出勤してきた同僚に、昨晩の話をすると、

「お前も？」

と言って、自分も同じような体験をしたと言い出した。

あとから出勤してきた同僚全員が、同じ体験をしていたことがわかった。

ただ、その中のひとりは他の同僚たちと少し違った体験をしていた。

それは、一週間前のことだという。

その同僚は、Ｉさんと同じように、外からの靴音を聞いたあと、警戒して眠らずに簡易ベッドの上に座っていた。

すると、入り口から気配を感じたので、そちらに視線を向けると一人の子どもが立っているのを見たのだそうだ。

次の瞬間。

「お前らは絶対に許さない！」

と叫ぶと、すうっと消えてしまったのだという。

Ｉさん含め、同僚たちはそれがどんな意味かわからないそうだ。

ただ。

金縛りに遭ったとき、あの子供が居たんじゃないか。

あの気絶した瞬間、何かをされてしまったのではないかと思うと、もうこの職場で夜勤を担当する気にはなれなかった。

Ｉさんは今、求職中だそうだ。

二十五　タクシー　その一

（岩手県〇〇市）

体験者から場所を明かさないという条件で、書かせてもらうことになった。

Nさんは、去年からここ〇〇市に単身赴任で引っ越してきた。

「まさか、こんなタイミングで辞令が出るとは思ってませんでした」

とても不満そうな表情を浮かべるNさんだが、よく聞くとそれはもっともな話だった。

彼は今、二十五歳で新婚さんなのだ。

籍を入れて半年もしない内に、〇〇支店への転勤命令が出た。もちろん、最初はかなりの難色を示したNさんだが、ここで断れば出世に影響が出てしまう。会社を辞めるという選択肢もあったのだが、新婚直後に無職というのも世間体が悪いし、そもそもすぐに転職先が見つかる保証もない。

不承不承、その辞令を受け入れることとなった。

会社が用意してくれた物件は、かなり良いものであった。築浅で、専有面積も広く、間取りも良い。

Nさんは、すぐに○○市に住み慣れていった。

転勤先の職場の人間関係も良好で、新婚の妻と離れて暮らす以外には何の問題もなかったそうだ。

その妻も、週末になれば新幹線で会いに来てくれるし、転勤が長引くようなら一緒に住もうかという話にもなっていった。

とは言え、妻にも生活があり両親との付き合いもあるので、毎週来てくれるわけでもない。

加えて、交通費が非常にかかるということが最大の問題で、単身赴任から三ヶ月もしないうちに、隔週の逢瀬となってしまった。

結局、週末を独りで過ごさなければならない時は、サイクリングに出掛けるのがNさんの趣味になってしまった。

ある土曜日のことだ。

Nさんは、妻が今週来ないということで△△市までサイクリングに出た。

晩春らしく、埃っぽい風の吹く午後のことだった。

しばらく走っていると、突然、目の前に猫が飛び出してきた。

とっさにブレーキをかけ、ハンドルを切って避けようとしたが、バランスを大きく崩して転んでしまったそうだ。

Nさんは、サポーターやヘルメットのお陰で大怪我をすることはなかったが、腕や脚のところどころを擦り剥いてしまっていた。

それは気にするほど大きな問題ではない。そのうち治る。

ただ、Nさんが途方に暮れてしまったのは、愛車クロスバイクのホイールがひしゃげてしまって、走れる状態ではなくなってしまっていたからだ。

「弱ったなぁ……」

思わず溜息混じりに、独り言が口を突いて出た。

単身赴任なので、電話して迎えに来てくれる家族はいない。土曜の休みに同僚に電話をかけるのも気がひける。

どうしたものかと悩んでいるNさんの目に、一台のタクシーが映った。

路上にタクシーが一台停まっている。

そのタクシーは、社名表示灯が赤く点滅を繰り返していた。

タクシーの屋根についている行燈は、緊急事に赤色で明滅する。これは、タクシー強盗などが起きたとき、他の車両の運転手や、車外にいる通行人に警察へ通報して欲しいという合図だ。

Nさんは、タクシーの中で何か起きているかも知れない。最悪、刃物を持った強盗が飛び出てくるかも知れないと、用心深くタクシーに近寄った。

しかし、タクシーの中には強盗どころか運転手の姿もない。

しばらくどうしたものかと思案したが、これといった名案も浮かばないので、Nさんはスマートフォンを取り出し、タクシーの窓に書かれている電話番号に連絡してみることにした。

スマートフォンの画面に、番号を入れて通話ボタンを押した、その時だ。

「何か、ご用ですか？」

と、突然タクシーの反対側から声を掛けられた。

吃驚したNさんは、相手を呼んでいるスマートフォンを一度中断して、声の方へ視線を向けた。

そこに立っていたのは、五十代くらいの男性だった。

聞くと、自分はこのタクシーの運転手で、近くの公衆トイレで用を足していたという。

Nさんは、運転手に行燈が明滅していたこと、そして自分がそれに気が付いて様子を見にきたことを伝えた。

「あれ？　降りるときにどっか触っちゃったかな？」

そう言いながら、運転席をガサゴソとさぐると、行燈の明滅が止まった。

「いやぁ、いらん心配させてしまってすみません」

Nさんが、たいしたことではないと返そうとする直前、

「あれ？　サイクリング……、ですよね？」

運転手が、不思議そうな顔で問いかけてきた。

Nさんは、これまでの経緯と、近くに壊れてしまったクロスバイクを置いてあると説明した。

すると、運転手が自宅近くまで送ってくれるという。

またとない申し出に、Nさんは二つ返事でお願いしたそうだ。

トランクに壊れたクロスバイクを乗せて、Nさんが後部座席に乗るとタクシーは走り出した。


しばらくして、Nさんの借りているマンションの前にタクシーが停まった。

運転手に礼を言う。財布を取ってくるから待っていて欲しいと言ったのだが、気にしないで、と固辞されてしまった。

改めて礼を言うと、Nさんは部屋に戻ってきた。

その夜、妻に今日あった出来事を面白おかしく聞かせたあと、Nさんは眠りについた。


翌日の日曜日。

Nさんは、さて今日は何をしようと考えていたときだ。

ふと、あの運転手のことが頭に浮かんだ。

タダで自宅まで送ってくれたのは良いが、そのことで上司から怒られていないか、始末書なんて書かされていたりしないかと心配になったそうだ。

どうにかして、タクシー会社そのものにお礼を言っておいた方が良いのではないかと、Nさんは考え始めてしまった。

「あっ」

そういえば、あのとき、タクシー会社に電話を掛けようとしていたことを思い出した。スマートフォンの履歴を見ると、たしかに発信の履歴にタクシー会社の番号が残っている。

さっそく、その番号に発信すると、

『おかけになった電話番号は現在使われておりません』

そんなわけないと、何度か電話をかけたが、結果は変わらなかった。

インターネットで調べてみると、それは、何年も前に倒産したタクシー会社の電話番号であることがわかった。

Nさんは、不思議な体験をしたものだ、と深く気にしなかったという。

週明けに、この話をNさんは同僚たちに、妻に語ったときのように面白おかしく語った。

不思議なこともあるものだと、一同、そのときはそれで終わった。

何週間か経った、ある土曜日。

Nさんは同僚のAさん宅へ遊びに来ていた。昼食に呼ばれたのだ。

その後、近くの酒屋まで買い物に、ということでAさんと二人で出かけることになった。

しばらく歩いていると、あのタクシー運転手に会った路地に出た。

NさんがAさんに、あの話の現場はここだと言うと、Aさんが行く先を指差した。

なんだろうと、Nさんがその指の先に視線を向けると、そこには、一台のタクシーが社名表示灯を赤く点滅させて停まっていた。

まさか、こんな偶然などありはしないと思ったが、それでも万が一のこと考えて、Nさんが警戒しながらタクシーに近寄って行った。

Aさんは、それを注視しながら、いつでも警察に通報できるようにスマートフォンの通話ボタンに指をかけていた。

Nさんが、タクシーの近くにたどり着くと、

「何か、ご用ですか?」

あの日とまったく同じ調子で声をかけられた。

驚いて、声の聞こえた方を見ると、そこにはあの日会ったタクシーの運転手が立ってい

た。

Nさんは、

「おひさしぶりです。またトイレですか?」

と声をかけたのだが、運転手は不審な顔をするばかりで、Nさんをまったく覚えていないようだった。

「いや……、その……」

と、どうにか説明するNさんだったが、まったく理解してもらえず、タクシーはそのまま走り去ってしまった。

Nさんは、Aさんのもとに戻ると、

「いやぁ、なんか完全に忘れられちゃってるようで」

と照れ隠しに笑って見せたが、Aさんの顔は真っ青だったという。

その後、酒屋に行かず、Aさんに言われてAさん宅に行ったNさんは、Aさんの車に乗せられ、ある場所へ連れていかれた。

「着いたぞ」

そう言ってAさんが指さす先には廃墟があった。

その廃墟の入り口には、看板が色褪せて立っていた。

それは、あのタクシーの社名表示灯と同じマークが描かれているのが、辛うじてわかったそうだ。

それを見ながら、Aさんが運転席から説明をしてくれた。
○○年前。
そのタクシー会社のタクシー運転手が、あの路地で強盗に遭い命を落としたこと。

それと関係あるかわからないが、その後、すぐにタクシー会社が倒産してしまったこと。

「よく自殺した人が地縛霊になって、その場所で自殺を繰り返すって言うじゃないですか。もしかしたら、あのタクシー運転手も死んだことが理解できてなくって、あの場所で留まっちゃってるんじゃないですかね」

ただ、とNさんは続ける。

「じゃあ、なぜ行燈を明滅させ続けているのか考えたんです。たぶん、まだあのタクシー運転手は誰かに助けを求め続けているんじゃないかな、と」

Nさんは、今は奥さんと都内に戻って幸せに暮らしている。

二十六　タクシー　その二

（盛岡市）


Mさんは、神奈川県横浜市にあるIT企業に勤めている。

彼女は、三ヶ月に一度、一週間の出張で盛岡駅前にあるビジネスホテルに宿泊する。

そこから、車で三十分程度行ったところにあるデータセンターで作業をするためだという。


ある日、Mさんはいつものようにデータセンターで作業を終え、受け付けの人にタクシーを呼んでもらった。

しばらくするとタクシーが入り口に停車して、運転手が降りてくる。

「Mさんは、いますか？」

その問いに手を上げて答えるMさんを、運転手はタクシーに乗るように促す。

Mさんが助手席の後ろの後部座席に乗ると、ドアが閉まり、タクシーが走り出した。

「お客さん、ずいぶん遅くまで仕事してるんだねぇ」

ハンドルを握り、前を向いたまま運転手が話しかけてきた。

深夜と言って良い時間である。

おそらく、自分の眠気覚ましにMさんを話し相手にしようというつもりらしい。

「コンピューター関係の仕事してるんで、よくあるんですよ、遅くまで拘束されることって」

利用されているとわかっていても、Mさんもそこで眠るわけにはいかなかったので、話に乗ることにした。

そう。Mさんは、タクシーの中で眠れないのだそうだ。

それは、二年前のことが原因だという。


ある晩秋のことだった。

データセンターで作業を終えた彼女は、タクシーに乗って宿泊先であるビジネスホテルに向かっていた。

走り出して少し経ったとき、

「今夜は冷えますね」

タクシーの運転手が話しかけてきた。

「そうですね」

Mさんが返す。しかし、仕事が終わった直後の彼女は疲れていたので、会話を続ける気にはならなかった。

「鍋の季節ですね。お客さん、せんべい汁、もう食べましたか？」

そんな彼女のことなどお構いなしに、タクシーの運転手は話し続けるつもりのようだった。

「あの、すみません。ちょっと疲れてるんで……」

密室である。単刀直入に話したくないとは言いにくい。場の空気を悪いものにはしたくなかった彼女は、察して欲しいという気持ちで、そう言葉を濁した。

すると、

「あ、ごめんなさい。気が付きませんでした」

という台詞のあと、タクシーの運転手は黙り込んだ。

少々気まずい空気になったものの、極端なことを言えば、二度会うことなど滅多にない相手だ。

気が利かないな、と思い、助手席の前に取り付けられているネームプレートに視線を向ける。

そこには、○○年まで有効、昭和○○年○○月○○日生まれ……、要はタクシーの運転手の個人情報が記載されている。

運転手は六十代後半の男性だった。

Mさんは、すぐにネームプレートに興味を失くすと、スマートフォンをポケットから取り出して、自分宛てのメールをチェックしはじめた。

と、その時だ。

「お、最新の機種ですね。どうですか、使い心地は?」

と運転手が話しかけてきた。

疲れているから話しかけるなとお願いしてから一分も経っていない。

Mさんは不機嫌になった。

しかし、それも一瞬のことだった。

それは、話しかけてきた声が明らかに若者の声だったからだ。

驚いて顔を上げる。肩越しに見える運転手の横顔はどう見ても自分と同じ二十代にしか見えなかった。

（え？　こんな人だっけ？）

「ええ、まぁ」

疑問に思いながらも、曖昧な答えを返す。

返しながらも、先ほどのネームプレートに目をやると、〇〇年まで有効、平成△△年△△月△△日生まれ……、と書かれている。

さっき見たばかりだ。記憶違いなど起こるはずもない。

そもそも、そのネームプレートに張り付けられた運転手の顔写真は、初老の男性の顔から、似ても似つかない若者に変わっていた。

おかしい。

異様な状況にMさんは手に持っていたスマートフォンを落としてしまった。しかし、それを拾うことができない。あまりのことに、身体が思うように動かせなくなっていた。

「スマホ、落としましたよ？」

後ろを振り返らずに声を掛けてくる運転手に、

「あ……、あぁ。そ、うです、ね」

とつまりながらも返事をする。そこで、動きが固くなりながらも、どうにかスマートフォンを拾い上げた。

その間もベラベラとしゃべる運転手だったが、怯えるMさんにはまったく届いていなかった。

「着きましたよ」

Mさんが動けるようになったのは、この瞬間だった。

車窓の外には、よく見知ったビジネスホテルのエントランスが見える。

一気に身体の力が抜ける感覚に、溜息をつく。

財布を取り出して、支払いを済ませて領収書をもらうと、ドアが開かれてMさんはやっとタクシーから降りることができた。

降りる直前。

Mさんが、あのネームプレートに目をやると、そこには有効期限も生年月日も名前も書いていなかった。

それどころか、顔写真は黒く塗りつぶされたようになっていて、ひどく古い印象を受けた。

（えっ？）

と思って運転手の顔に目をやると、そこには黒いモヤのような人影が座っていた。

そこでMさんはタクシーを降りた。

ドアが閉まり、タクシーが走り出す。

茫然とMさんが立ち尽くしていた。


翌日も、Mさんは早朝からタクシーでデータセンターに出勤していた。

昨日のように深夜になってやっと解放され、受け付けでタクシーを呼んでもらう。

ほどなくして、Mさんを呼びに来たタクシーの運転手に付いてタクシーに乗り、目的地を伝えた。

昨晩の厭な記憶がよみがえるが、ネームプレートを見ると、昨日の運転手とはまったくの別人である。

（昨日とは違う人だ）

それは、自分より少し上の年齢に見える男性だったそうだ。

Mさんはすぐに疲れていると伝えて、スマートフォンでメールをチェックしはじめた。

そこからどれくらいの時間が経ったか。

「鍋の季節ですね。お客さん、せんべい汁、もう食べましたか?」

昨晩と同じ調子、同じ口調で、同じ質問を突然された。

その瞬間。

吃驚して、身体中の筋肉が固まるのを感じたそうだ。

なぜなら、女性の声で話しかけられたから。

肩越しに見るその横顔はたしかに女性だ。後ろから見える髪型も、男性では滅多にいないタイプだ。いや、おそらくいないであろう。

この瞬間、Mさんは全身から冷や汗が吹き出る気持ち悪さを味わったそうだ。

そんなMさんを尻目に、運転手は会話を、いや、一方的にしゃべり続けた。

郷土料理のこと、名産品のこと、天気のこと、観光地のこと。

内容は、完全に観光者向けの話だったという。

だが、Mさんは何一つとして返答できなかった。

いや、できなかった。それは、全身の震えで言葉を発しようとしてもできなかったこともあるが、何か返答して会話を成立させようものなら、どこかとんでもない所へ連れ去られてしまいやしないかと、不安になったからだった。

「お客さん、着きましたよ」

あまりに運転手を注視していたからか、いつの間にか、ビジネスホテルの前にタクシーがつけられていた。

（もしかして）

と思って、ネームプレートを見ると、昨晩のように顔写真は黒く塗りつぶされていた。それは、まるで幼児がクレヨンでいたずらに塗ったように見えたという。

一秒でも車内に居たくないと思い、

「お釣りはいいから」

と、毎日払っていた金額よりも多めにお金を渡すと、タクシーを降りた。

去り行くタクシーの運転手の顔を見ると、昨晩と同じように、真っ黒いモヤのような人影になっていた。

「あれは何だったのか。それはわかりません。ただ……」

とMさんは、続ける。

「担当を外れた今でも、別の同僚に同じ話を聞くことがあるんです。今でも、居るみたいですね」

Mさんは、もう岩手県に行くことはないそうだ。

二十七　電車

（東北本線）

Nさんという方が、体験された話。

当時のNさんは仕事にも慣れて上司からそれなりに評価をされ始めた頃で、会社からもより責任の重い仕事を任されるようになっていた。

長時間の残業で深夜に帰宅、ということは無かったが、それまでよりもプレッシャーがかかる立場になり、精神的にクタクタになることばかりだった。

毎日のように電車で通勤していたが、会社の最寄り駅が盛岡駅の隣だったため、帰りに限っては比較的空いているうちに電車に乗れるのが有難かった。

その日も空席に座り、腰を落ち着けてスマートフォンの目覚ましをセットした。

短い時間ではあるものの、何度か眠り込んで、目的地を通り過ぎてしまったことがあるからだ。

バイブレーションに設定されていることを確認してから内ポケットに入れると、それからは流れる車窓をぼんやりと眺めていた。

いつもの通り二駅目でパラパラと乗客が乗り込んで来たために、座る席がなくなっていった辺りまでは覚えている。

うとうとしていたらしく、頭がガクリと前に倒れる感覚で目を覚ました。

周りの人に寝顔を見られたかな、という気恥ずかしさもあって、なんとなく俯いたまま顔を両手でこすって誤魔化そうとした。

ぼんやりとした頭で、あとどれくらいで着くだろうと考えながら、二度三度と顔をこすってから、ふと気がついた。

指の隙間からは、車内を埋める乗客たちの足元が見えている。

人と人の隙間を別の人が埋めている。

いつものことだ。

だが指の向こうに見える乗客たちの足元、その全ての靴が同じ方向を向いていた。

Nさんの方を向いている。

なぜだかNさんは注目されていた。

怪訝に思って両手を下ろし、ズボンに涎でも垂らしたのかとそれとなく生地を引っ張ってみたが、そんな跡はない。

無意識に顔を上げようとして、そこで凍りついた。

視界の左右を埋める乗客たち、全員が自分を見ているようなのだ。

向かいの座席は正面に立っている人で見えなかったが、両隣の乗客さえ身をよじって私を見ているようだった。

車内の乗客全てが自分を注視しているらしい。

それでいて誰も、一言も発しないのだ。

異常な空気に包まれて、Nさんは中途半端な姿勢で固まったまま身動きできなくなってしまった。

鼓動が激しくなると共に脂汗が出てくるのを感じる。

(なんだろう？　どうしよう？)と思うばかりで、時間だけが過ぎていった。

突然車内アナウンスが流れて、びくっと体を震わせた。

次の停車駅を告げている。

――目的地だ。

途中にある複数の駅で停車した記憶はなかったが、早くここから逃げ出したいという一心でそれどころではなかった。

緩やかにブレーキがかかり、少し体が揺れる。

乗客たちも一緒に揺れたが、全員がNさんを見つめたままだ。

やがてホームに入ったらしく、電車は止まった。

一瞬の間を置いて対面のドアが開く音がしたので、Nさんは弾かれたように立ち上がって、外に出ようとした。

根拠もなく、もしかして乗客たちに取り押さえられるんじゃないかと身構えたが、そんなことはなかった。

誰も身動きしなかったので、彼らを夢中で押しのけてドアを目指した。

その時、小柄な女性に必要以上に強くぶつかってしまい、反射的に掠れた声ですみませんと謝った。

その時、思わず彼女の顔を見てしまった。

彼女はNさんを見てはいなかった。

引き攣った顔で、瞬きもしていなかった。

彼女はNさんではなく、彼が座っていた座席の方を見ていた。

乗客全員が同じように引き攣った顔で見ていたのは、Nさんではなかった。

Nさんの座っていた座席の後ろ、Nさんがずっと背を向けていた窓の外を見ていたのだ。

そのまま電車から飛び出て、振り返らずに家まで走った。

もうあの路線に乗る気は起きなかった。


その後、彼は自動車通勤に切り替えたそうだ。

二十八　ある理容師の話

（盛岡市）

取材中ではあったが、伸びすぎた髪の毛が気になって仕方なくなり、とある千円カットのお店に入った。

意外なことに、その店で怪談を聞くことができたので、ここに記しておこう。

昼下がりのことだ。

駅を降りた私は、取材の拠点であるビジネスホテルに向かって歩いていた。

夏も終わりに近づいているというのに、まだまだ真夏のように気温と湿度が高かった。額には汗がじっとりと浮かび、シャツは背中に張りついてくる。いい加減不快だった。

（あぁ、髪の毛がうっとおしい）と思い、髪を切ることにした。

時間にはまだ余裕がある。いつもと同じくらい丁寧に切ってもらってもよかったが、手短に済ませることにした。さっぱりしたいだけなのだ。ちょうど視界に入った、千円カットのお店に入る。

女性店員がマスクをして店内の掃除をしているだけで、他に客はいない。

私に気が付いた店員が、「いらっしゃいませ！」と元気に声をかけてくる。その声に曇りがないところをみると、どうやらそのマスクは単なる接客用らしい。

清々しい店員の歓迎もさることながら、エアコンで整えられた空気の涼しさが、先ほどまでの不快感をすぐに消し去った。

促されるままセットチェアに座ると、カットクロスを羽織らされる。「今日はどうなさいますか？」伸びた髪を少しだけ短くしたいと伝えると、カットが始まった。髪を湿らせるのにかけられる霧吹きが、先ほどの汗を思い出させる。

「今日はお休みですか？」

「いや、ある取材でこちらに来てまして」

と、なんてことのない会話を交わしていたのだが、流れで怪談を蒐集していることまで話してしまった。

するとこの女性店員、嬉しそうな顔をする。

「怪談ですか？　怖い話ですよね？　あたし、ひとつ体験談があるんですけど、一度、プロに聞いて欲しかったんですよ。髪の毛切りながらになっちゃうんですけど、聞いてもらって良いですか？」

鏡越しにそう言ってきた女性店員に興味を持った私は、じゃあお願いしようかな、と話を続けるよう促した。

「えーとですね、最近、引っ越したんですよ」

彼女が語り始める。


彼女は三十代後半の女性で、Aさんという。

半年ほど前に離婚して、この理髪店の近所に越してきたそうだ。旦那が子供たちに過ぎた体罰をしたのだという。

当然ながら親権はAさんに渡ったそうで、小学五年生の長男と小学一年生の長女と三人で暮らすことになった。

引っ越し先は一軒家の二階を借りるという変則的なもので、一階には大家が住んでいた。まるで、一昔前の学生がよく世話になった下宿のようだ。

二階には、廊下を挟んで一部屋ずつ大きな和室、その奥には洋式のトイレがある。風呂と台所は、一階にあるものを大家と共同で使用することになっていた。時折、家族で銭湯にも行っているという。

片方の部屋は居間と兼用したAさんの部屋、もう片方は二人の子どもの勉強部屋兼寝室として使っていた。


そんなある日。

朝、起きて来た長男が変なことを言い始めた。

「お母さん、今日さ、気持ち悪い夢を見たんだよね」

まだ眠い目をこすりながら、長男はその夢を思い出すように、ゆっくりと話し始めた。

夢は、自分の部屋の布団で目覚めるところから始まる。

上半身を起こして部屋を見回すと、隣で寝ている妹がいない。トイレにでも行ったのだろうか。カーテンの隙間から太陽の光が差し込むのを見て、朝なのだと思った。朝なら、トイレではなく朝食を食べに居間に行ったのかもしれない。自分も、起きて隣の部屋に行くことにした。

襖の引き戸を開け、廊下へ出ようとした瞬間。

――熱いっ！

左のわき腹に異常な熱さを感じた。

吃驚してそこを見ると包丁が刺さっていて、その柄は今探していた当の妹が握っている。

熱いのは、刺されているからだと理解はした。しかし、もうそれどころではない。

唖然として、妹の顔を見ると、見たこともないような無表情で、兄である自分に向けてくる目は焦点が合っていない。

そこで、目が覚めた。

「夢かぁ……」

安堵の溜息が自然と口から出てくる。

ふと横に視線を向けると、妹が小さな寝息を立てていた。

安心して二度寝しようとした時、時計が目に入り、もう起きる時間だと気が付いた。

「それは気持ち悪い夢ね」

Aさんは、長男が悪夢を見たことにあまり関心を寄せなかった。仕事に行く準備をしなければならない忙しい朝である。

他愛もない朝の会話だと思い、そのまま詳しく聞くこともなく、その場を流したそうだ。

しかし、この話はここで終わらなかった。

毎朝のように、長男が「妹に殺された」と言いながら起きてくるようになった。

階段の最上段に立っていたら背中を押されて転げ落ちた、落ちる瞬間に見たのは妹の顔だった。寝ているところを馬乗りで首を絞められた。聞けば、状況は様々だったが常に『妹に殺される』という結末だった。

最初のうちは、慣れない環境によるストレスかと思っていたAさんだったが、これが毎日・毎週となるとさすがに気味が悪い。

長男も日増しに心労が溜まっていって、どんどん表情が曇ってきた。

そして最大の問題は、妹を避け始めたことだった。気持ちはわかる。でも離婚したばかりだ。三人での生活はまだまだこれからなのだから、仲良くして欲しい。それがAさんの本音だった。

「引っ越し以外で、その前後に何か変わったことはなかったんですか?」

髪を切ってもらいながらAさんに問いかけてみると、彼女は少し困ったように眉をひそめて話を続けた。

「たしかに、変わったことはありましたけど……」

それは、大家が入院したことだった。しかし、それは単なる入院であって、それからすぐに亡くなっただとか、意識不明になったとかいうことではないそうだ。

一階の居住区画に誰もいなくなったというだけ。別段、長男の奇妙な夢と結びつけられるようなことでもないだろう。

さらにAさんは続けた。


毎朝、長男の夢の話を聞かされていたのだが、ある日、長男が気になることを言い出した。

「その夢の中の妹だけどさ、なんか変なんだよ。妹なのに妹じゃないっていうかさ」

たしかに、殺意を向けられていること自体、日常ではない。違和感を覚えるのは当然だ。

しかし長男が言うには、そういうことではないのだそうだ。妹を見ているはずなのに、別人のように見えるのだと。無表情のことでも、あの焦点が合っていない目のことでもない。

「なんだろうねえ。いつものあの娘じゃないの?」

Aさんがそう言った瞬間。

「あ、わかった!」

長男が、曇っていた顔を明るく変えた。

「あのね、左右逆! 利き手も違ったよ」

よくよく聞くと、こういうことだ。

夢の中の妹は、顔にある小さな黒子の位置が左右逆なのだそうだ。しかも、右利きであるはずが、夢の中で凶器を振るう時は左利きだったという。何より、以前父親に傷つけられてできた怪我の痕が、左腕にあるのだという。

Aさんは、なるほどと思ったものの、長男の悪夢を解決できたわけではないことに、少し落胆した。

「そう……。気持ち悪いわね」

そう言って、食卓に視線を落としたAさんは、そこであることに気がついた。

長男が左利きになっていたのだ。

自分の息子は右利きだ。間違えるはずはない。でも今は左で箸を持っている。

ふと父親につけられた傷跡を確認すると、すべて左右逆になっていることに気が付いた。

いったい、いつからこうなっていた？

最初に長男が夢の話をした時から？

あるいは、今この瞬間からなのか？

Aさんは、全身の震えを抑えられなかったそうだ。


「じゃあ、今もそれは続いているんですか？」

話し終わったとばかりに息をついたAさんに、後日談がないのか問うてみた。

すると、

「いえ、これってちょうど今朝の話なので、後日談も何もないんですよ」

そう鏡越しに笑ってみせるAさんと目が合った。

……。

はて……？

鋏を持っている手が逆ではないか？

鏡越しとは言え、間違えるはずはない。いつの間に持ち替えたのだろうか？

名札も上着の左胸についていなかったか？

狼狽していると、再びAさんと目が合った。

合ったと思った。

思っただけで、それは間違いだったとすぐ気付いた。

なぜなら、Aさんの目はまったく焦点が合っていなかったからだ。

その目が、何かがもう手遅れなのだと私に強く感じさせた。

散髪が終わったあと、とてもではないが話を続ける気にはなれず、逃げるように店を後にした。

ただ、喉元過ぎればなんとやら。

またあの店に戻って、改めて取材の続きを申し込みたいと考えてしまっている私がいる。

二十九　かざした左手

（岩泉町）

Aさんの息子さんであるT君はとても足が速く、運動会の徒競走でも一位、マラソン大会でも一位と、短距離も長距離も得意。身長は小さいながらも、負けん気が強く、お父さん似のガッシリした筋肉質な体型で、クリクリした目と、毎日外で遊んで真っ黒に日焼けした健康的な男の子だそうだ。

その年、T君の小学校では五月の末に運動会が予定されていたため、ゴールデンウィーク明けから予行練習がはじめられていた。

競技の一つである「選抜リレー」では、各クラス男女三名ずつ、計六名の選手が選ばれてリレーを走るのだが、T君は毎年、当然のように選抜選手になっていた。

しかし、リレーの選手が決まった三年生のゴールデンウイーク前、突然T君の左の首筋にぽっこりとした腫瘍のような、たんこぶのような腫れができたという。

かなり大きく、直径は五センチ、高さは二センチほどのドーム状、色はピンク色。どこかにぶつけた覚えもなく、本当に突然、朝起きたら腫れあがっていたそうだ。

Aさんは心配し、いくつかの小児科を訪れ、最終的には大学病院の小児科へ紹介状を書いてもらって、T君の首筋の腫れを見せに行った。

だが、どこに行っても、

「原因は分からない。」

「悪性のものではない。」

「時間が経てば治ります。」

と、それ以外のことは分からなかったそうだ。

大学病院でも原因が分からず失望していたAさんが診察の会計待ちをしていた時、T君が幼稚園に通っていた頃に知り合ったママ友にばったり会ったそうだ。

子供同士、小学校が別になってしまってからは疎遠になっていたが、会計の待ち時間にうんざりしていたAさんは、暇潰しとばかりに、そのママ友と雑談することにした。

話を聞くと、そのママ友は婦人科系の病気を患っているらしく、ここで定期検診を受けているとのことだった。

ママ友に、Aさんは腫瘍ができてからT君は食欲が落ちて、楽しみにしていた運動会も、もうすぐ開催だというのに練習にも参加できない状態であることを伝えた。

話を聞いたママ友は、

「あんなに走るのが大好きなT君が走れないなんて可哀想！　運動会、出たいよね！」

と、スッと労わる様に自分の左手をT君の腫れの上にかざして、撫でるような動きをした。

Aさんは、ママ友が腫れに触らずに、そのようにした事に少し嫌な気持ちになったそうだ。


翌日。

朝になり、AさんがT君を起こしに行くと、すでに起きたT君がにこにこと嬉しそうにしていたそうだ。

聞くと、Aさんの階段を上ってくる足音で目が覚めた、すると今までの不調が嘘のように良くなっていたので、首筋に手をやると、腫れが無くなっていたという。

食欲も元気も出てきて、更にその翌日から運動会の練習にも参加、無事に運動会本番でも大活躍できたそうだ。

こんなにいきなり治るものなんだ……と、Aさんは T君の回復ぶりに安心すると同時に少し拍子抜けしてしまった。


運動会から数日後、Aさんがちょっとした用事で役場に行くと、あのママ友にばったり出くわしたそうだ。

やはり待ち時間に飽き飽きしていたAさんが軽く挨拶をしようと話しかけた時だ。彼女の左手の手首に、T君の首筋にできていた腫れとまったく同じ腫れがあった。

驚いて、

「これ、どうしたの?」「祟りが伝染したの?」「もしかして、治してくれたの?」と、矢継ぎ早に疑問を投げかけたが、ママ友は答えをはぐらかすばかりで、あまり詳しく教えてくれなかったそうだ。

「時々、こういうことができる。」

「あの時は T君が本当に可哀想で、私にうつってくれれば……と思った」と。

医者でも看護師でもなく、神社やお寺に住んでいる訳でもない、本当に普通の女性だ。

しかし、彼女の説明のつかない力で、T君は回復したようにしか思えなかったそうだ。

彼女の手首の腫れは、T君のものよりはかなり小さかったらしいが、間違いなく同じ腫れ方、形だったという。

本当に不思議で何が何だか分からないけど、とにかくあのママ友には感謝していると、Aさんは話していた。

三十　座敷わらし　その二

（遠野地方）


二十二話で、座敷童子をテーマに怪談を交えて論じてみたが、あれは個人が自宅で偶然にも体験した話を主軸に置いたものだった。

では、個人が意図して会いに行った場合は、どうなるのだろうか？

いくつかの体験談を基に考察してみよう。


緑風荘というのは、二戸市にある旅館だ。

おそらく、「座敷童子に会える」宿ということであれば、全国で最も有名な宿のひとつだろう。

ここでは、亀麿《かめまろ》という名前の先祖の守り神が、座敷童子として緑風荘内に亀麿神社（わらし神社とも）を作り祀られている。

主に、本館母屋（別館もある）の奥座敷「槐《えんじゅ》の間」に座敷童子の目撃例が多い。テレビでもたくさんの人形が敷き詰められた座敷を見た人も多いことだろう。

また、本館・別館問わず出没するようで、会える会えないは座敷童子の気分によるものではないかとも言われている。

そして、座敷童子に会えた人は、男性であれば出世、女性であれば玉の輿に乗れると言われているそうだ。

筆者も、ぜひ一度会ってみたいと思う。

さて、この緑風荘で座敷童子に会った人たちの体験談を聞いてみることにしよう。

・Aさん
お供えする人形をテーブルの上に置いたはずだったが、振り向くとお供えされた人形たちの山で一緒になっていた。

・Bさん
廊下を「ぱんっ、ぱんっ、ぱんっ」と走る音が聞こえて、襖が開く音がした。しかし、襖は開いていなかった。

・Cさん

布団で寝ていると、足下から肩の位置まで誰かが布団を踏んで歩いてきた。踏む重さから子どもだと思った。こっちが気づいたことに気づかれたら駄目だと思い、目は開けなかった。

・Dさん

お供えにと持ってきたスイッチ式のおもちゃが勝手に動き出した。吃驚して見ていると、勝手に止まった。

AさんとDさんは女性で、BさんとCさんは男性だ。

取材中、四人に同じ質問をしてみた。それは、「その後、幸せになれましたか？」というものだ。

『男性であれば出世、女性であれば玉の輿』という話だったが、女性二人からは『困ったことが起きてもすぐに解消するようになった』という回答をもらい、男性二人からは『心配事がなくなっていった』という回答を得た。

以降、緑風荘に泊まったことがあって、かつ座敷童子に会った気がするという人に同様の質問をするようにしていたのだが、どれも似たような回答だった。

では、菅原別館ではどうだろうか？

菅原別館は、緑風荘と同様に座敷童子に会える宿として有名である。盛岡市の天神町にあり、出世の宿とも呼ばれている。また、旅館には部屋がいくつかあり、どの部屋で座敷童子に会うかで、良いことの種類が変わってくるという。

さて、菅原別館の座敷童子に会った人たちの体験談を聞いてみることにしよう。

・Eさん
棚に置いてあった人形やぬいぐるみが何体も続けて落ちてきた。もちろん地震など起きていない。

・Fさん
寝ようとしたとき、障子に下から上に動く影を見た。

・Gさん
部屋に着いて荷物を降ろした瞬間から、もう一人いる気配がして、帰るまでそれが続いた。気配は、部屋の中を移動しているようだった。

・Hさん
食事をして部屋に戻ってくると、荷物が別の場所に置かれていた。その荷物の中身は、テーブルに並べられていた。


やはり緑風荘のときと同様に、「その後、幸せになれましたか?」という質問をしてみた。

すると、緑風荘同様、女性からは『困ったことが起きてもすぐに解消するようになった』という回答があり、男性からは『心配事がなくなっていった』という回答を頂いた。

『困り事がすぐ解消する』『心配事がなくなる』という二つの回答であるが、共通しているのは、『問題がなくなる』ことだろう。

特に、大人が問題を抱えるときは、利害の不一致がほとんどのように思えたので、この八人には、もうひとつ質問をぶつけてみた。

「その問題って相手がいましたか？」

すると、全員が首を縦に振った。

つまり、この八人は問題が解消した。利益があったと考えられる。しかし、八人の相手方はどうだろう？　おそらく。おそらくではあるが、不利益があったのではないだろうか。

座敷童子とは身近な者を幸運に導くのかも知れないが、その幸運に隠されて、不幸になる者がいるのではないか。

座敷童子にまつわる体験談を取材していると、そう考えずにはいられない。

三十一　藤橋後日談

（奥州市）


「藤橋？　あぁ、心霊スポット調べてるの？」

十七話でEさんから聞いた話の裏づけをしようと調べていたところ、ある人物と出会った。Kさんは六十代の男性だ。彼も藤橋を知っていた。

「女の霊が出るとか言われてるんでしょ？　それはどうだか知らないけど、上流で自殺した人が、あの橋に流れ着くってのは知ってるよ」

眉間に少しだけ皺を寄せながらKさんが続ける。

「いつだったかなぁ。たしかに、あそこで死体を発見したことがあるよ」


それは、三年近く前のことだという。

藤橋の近くには、橋の下に降りる細い道がある。降りると川原のようになっていて、そこを散歩する人がいるのだ。

Kさんもそのとき散歩をしていた。そして、浅瀬の水草の中に死体を発見したそうだ。関節が変な方向に曲がっていて、変色してボコボコに膨らんだ様子が溺死体のように見えた。

だが、Kさんの記憶に強烈に残ったのは、凄惨と言ってもいいその全身ではなく、顔だった。一切の感情が読み取れない、無表情だったのだ。

まるで命なんかにはまったく興味がないかのような、その顔にKさんは思わず一歩後ずさりした。事故か自殺かはわからない。だが川で死ぬとなったら、苦悶の表情でも残りそうなものだろう。当の状況や周りの環境とあまりにかけ離れたその顔が、くっきりとKさんの頭の中に焼きついた。

それから半年後のことだ。

Kさんは別の街に住んでいた。仕事の関係で引っ越したのだ。

住む街が変わっても、Kさんがあの顔を忘れることはなかった。どうなったらあんな表情の死体が出来上がるのだろう？　以来、なんとなく目が探してしまっていたという。川で見つけたあの、何もなさすぎて異様な顔を。

日課の早朝散歩でも、そうだった。歩きながら、朝の空気に感じる気持ちよさとは別に、求めているものがKさんにはあった。

ある日、道で仰向けに倒れている人がいた。人には言えないものをうっすら抱えていたのも忘れて、慌てて駆け寄る。救急車を呼んで声をかけないといけない。助かればいいけど、と考えながら顔を見たところで、Kさんは思わず悲鳴を上げた。

倒れた人が、あの死体と同じ顔をしていたからだ。他人のそら似なんてものじゃ済まない。同一人物としか思えなかった。

Kさんの脳裏に強烈なまでに焼きついたあの無表情が、まさにそこにあった。

心のどこかで探し続けていた顔だ。しかし求めていたからと言って、死体の顔にもう一度巡り合うなんてことが本当にあるのだろうか。

あまりの驚きに彼が固まっていると、後から散歩でやって来た別の人に声をかけられた。状況を説明して警察を呼ぶようにお願いしたところで、やっと時間が動き出した。

倒れていた人は、すでにこと切れていた。

第一発見者ということで、当然ながら警察からいくつかの質問をされた。Kさんが歯切れ悪く答えていると、その態度についても何かあるのかと聞かれた。Kさんは、思い切って警察官に訴えてみた。それがねえ、半年前に川で死体見つけちゃったんですけど、その死体と同じ人物に見えるんです。分かり切ってはいたことだが、取り合ってはもらえなかったそうだ。

「溺死体なら顔なんて分からなかったでしょう？　トラウマになってる可能性もありますから、一度カウンセリングを受けられた方がいいかもしれませんね。出来る限り早く、忘れた方がいいですよ」

さらに半年後。

勧められたままに忘れてしまうのは癪《しゃく》だった。川の死体も、半年前の死体も、間違いなく同じ顔をしていた。あんなに強烈に感じたものが、気のせいのはずないじゃないか。Kさんはまだ、日常の中であの顔を求め続けていたのだ。

そんな中、仕事で訪問した取引先の外階段で、本当に再び死体を発見してしまった。

出くわしたのは踊り場で、まったくの偶然だった。階段を上がったら倒れていたのだ。慣れてしまったのか、発見した瞬間にもうこと切れていると直感できた。だからKさんは冷静に、まず顔を確認した。

その死体も、あの時と同じ無表情の死体と同一人物に見えた。安心したような、物足りないような気持ちがする。とりあえず、顔についてはもう証言しないことにしたそうだ。また精神状態を疑われるのは嫌だ。ただ、疑われるのは嫌だが、正直に言えば自分でももう正常と言い切る自信はないな、とKさんは思った。


それから少し時が経った去年の暮れのことだ。

居酒屋で飲んでいたKさんは、そこでまた死体に遭遇する。トイレから転ぶように出てきた男がそのままこと切れた。その人も、あの三年前の死体と同じ顔をしていたのだ。

四体の同じ顔を持つ死体と遭遇し続け、Kさんはふと思いついた。自分で調べてみればいいだけじゃないか。日々の中であの顔を求め続けながら感じていた、頭の隅がぼやけるような感覚が、その瞬間に霧散したようだった。もし本当だったら、気のせいじゃなかったことが分かる。気のせいだったら、あれが本当は誰の顔だったのか――もしくは誰の顔でもなかったのか――が分かる。Kさんにとって悪いことはないように思えた。

果たして、あの顔を持っていたのは一人だけであった。

Ｋさんは四人の記事が載っている地方新聞を探し当てた。どれも小さな記事だったが、顔写真も載っていたため確認が出来たのだ。四体目、居酒屋で遭遇した男性が、あの顔の持ち主だった。ほかは三人ともまったくの別人だった。どうしてあの顔に見えたのか分からないくらいに。特に三体目の人などは、骨格からして似ても似つかぬ様子だった。

Ｋさんは図書館を出た足でそのまま、昔住んでいたあの場所へと向かった。

昼間の藤橋は穏やかだったという。そよ風は肌に痛いくらい冷たかったが、それがむしろ心強かった。自分の感覚が何ともなっていないことを保証してくれる。

怪談だか女の霊だか知らないが、確かにこの橋には何かがあるのかもしれないとＫさんは思った。

（もしかしたら、その女ってのも橋のせいでどうにかなっちまったのかねえ）

まるでその考えを肯定するように風が吹いてきて背中を押すので、促されるまま橋から去ることにした。

それから、発見当時に警察から聞いた住所へ訪れたそうだ。すると、家族らしき男性が出てきた。当時死体を発見した者だが丁度近くに来たので、と線香をあげにきた旨を告げると、家にあがらせてくれたそうだ。

仏壇に向かうとそこには、やはり馴染みのない男の遺影があるだけだったという。あの橋の下、川で見たのは、Kさんの脳裏に焼き付いていた男性ではなかったのだ。手を合わせると、Kさんはその町を後にした。

「未来に出くわす死体だったのかねぇ？」

最初に見たのはさ、とKさんは苦笑する。不思議なことに、それ以来死体とは遭遇しなくなったという。

取材内容をまとめていて、私は思う。もしそれが四体目でなくもっと未来だったら、Kさんはどうなっていたのだろうか。もしKさんが気づかないままだったら、どうなっていたのだろうか。Kさんが同じ顔を見続けた未来、更に強くその表情を求めるようになってしまっていたら？

今回まさかの後日談となったわけだが、この話を聞いて私は、怪異の生む可能性について考えずにはいられない。

三十二　三角点展望台

（胆沢郡金ケ崎町）


春も終わり、そろそろ梅雨かという肌寒い時期のことだった。

三角点展望台は標高三百メートルの高台だ。展望台というだけあって、そこに至るには緩やかな道がそこそこ長く続き、運転免許を取得した記念に行くにはちょうどいい道程でもあった。


その日、Rが助手席に乗せたのは当時の恋人だ。免許を取ったら初めて乗せるのは彼女だと心に決めており、彼女もRが買った中古車を可愛らしいと褒めてくれた。彼女は運転免許を持っていないので、二人にとってこれが初めてのドライブデートだ。

Rが展望台で車を停めた時、他の人の姿はなかった。

車から降りた途端、ひんやりとした空気がむき出しの腕を撫でる。気のせいか吐く息も白い。

「ここ、こんなに寒かったっけ？」

助手席から降りた彼女も、そう言いながら両手で身体をさすっている。慌てて車内に置いていたカーディガンを掴み、彼女に羽織らせた。

「標高が高いからかな。思ったより寒いね」

「梅雨が近いせいもあるのかもね」

彼女と隣り合いながら、他愛ない言葉を交わす。

車から降りたとはいえ、周囲を見渡しても他に目につくものはなかった。せいぜい自販機と公衆トイレくらいのものだ。曲がりなりにも展望台なので、眼下にはのどかな牧場が広がっている。その光景は確かにいいロケーションだが、ただそれだけ。二十代前半のカップルにとっては物足りないのが正直なところだ。

「俺、ちょっとトイレ行ってくる」

そう言って少し彼女のもとから離れる。公衆トイレで用を足しながら、初のドライブデートにしては場所選びに失敗したかも知れない、とRはこっそりため息をついた。

手を洗ってトイレから出ると、彼女はつまらなさそうに牧場を眺めていた。

二人で高台をぐるりと見て回る。とは言え、何もないのは見渡せば分かるし、ゴミも落ちていなければ野良猫一匹いない。会話しながら十分程度時間を稼ぐのが限界だった。

「お腹空いたし、別のところ行かない？」

彼女がそう言って笑う。気落ちしたＲを気遣ってくれたのが伝わってきて、少し胸が温かくなった。

車に戻り、彼女が助手席側に回る。Ｒも運転席に乗ろうと自動車のドアを開けたところで、両足に何かがぶつかった。

——何が？

十分時間をかけて見て回った。この高台に何もないのは分かりきっている。じゃあ今更、何が足に当たるというのだ。

Ｒは反射的に自分の足元を見ていた。そこに〝それ〟がある意味が分からなくて、最初は白っぽいなにかとしか認識できなかった。

ぎしりと骨が軋みそうに締め付けられる感覚。それは間違いなく、その白っぽいなにかのせいだ。

車の下から生えた青白い手が、Ｒの両足首を掴んで締めていた。

「——うわ」

思わず悲鳴を上げる。咄嗟に身を屈め、足首を掴むそれを手で払おうとする。

すると、今度はそれも掴まれた。

――三本目の手が車の下から現れたのだ。

「掴まれた！　足！」

思わず叫ぶと、すでに助手席に乗り込んでいた彼女が驚いた顔をする。

逃げなければ。とにかくその思いだけがRを急かし、強く背中を押した。

なんとか足を持ち上げ、自分を掴む手を振りほどいて踏みつける。手もよじって無理やり抜け出し、勢いよく運転席に乗り込んだ。バン、とドアを閉めた時、あの手が一瞬挟まれる錯覚が見えた。

まだ慣れない手付きでエンジンをかけ、アクセルを踏み込む。シートベルトもそこそこに、慌てて高台から走り去った。


「だ……、大丈夫？」

彼女が不安げに声をかける。Rの勘違いだと切り捨てなかったのは、彼の様子が明らかにおかしかったのと、彼の手に確かに濃い痣が残っているためだ。

彼女は気遣うようにRの顔を見たが、そこでまた異変に気づいた。Rの顔は真っ青で、唇もわずかに震えている。それは過ぎ去った恐怖にとらわれているというよりも、今現在何かに迫られているようだった。

「どうしたの？」

慌てて声をかける。Rは狼狽するように喘いだあと、か細い声を絞り出した。

「俺――今アクセルを踏んでる？」

言われた意味が分からなくて、彼女は思わずRの足元を見る。そもそも車は軽快に走っているし、運転席に座っているのは彼なのだ。彼以外の誰もアクセルペダルを踏むことなどできない。

困惑していると、さらにRが戦慄《わなな》いた。

「なぁ俺、ハンドル掴んでる？　掴んでるのかな？」

「どうしたの？　大丈夫？」

「感覚がない」

Rが呆然と声を吐き出す。

「掴まれた先の感覚がない。足も手も」

彼女の背中に冷たいものが走る。車は少しずつ加速していて、ということは、Rはアクセルを踏み続けているということだ。

だが、その感覚がないということは――自分たちが乗っているこの車を、誰も制御していないのに等しい。

短い悲鳴を押し殺し、彼女はなんとかRに声を掛ける。

「目線は動かせる？　大丈夫？」

「うん、うん」

「じゃあさ、目で見ながらさ、ゆっくりブレーキ踏んでみよ。他の車もいないから大丈夫だって」

「うん、うん」

Rは恐慌気味に、必死で頷きながら、道路が直線に差し掛かったところでしっかりと足先を見つめる。相変わらず感覚はなさそうだったが、少しずつ車が減速したのを感じて、彼女も震える息を吐いた。

「◯◯さんに来てもらおうよ。運転してもらえばいいし」

「うん……」

Rは未だ怯えた様子だが、少しずつ落ち着いてきたらしい。サイドブレーキをかけ、しっかりエンジンまで切って、あとはハンドルにもたれかかるようにぐったりとする。免許を持っていない彼女が運転するわけにもいかない。彼女は携帯電話を取り出し、震えを押し殺しながら共通の友人を呼び出した。

Rの手にも、足首にも、まだくっきりと痣は残っていた。

その後、Rは三角点展望台には近づきもしていないという。

三十三　トイレの個室

（花巻市）

実話怪談というと、このくらいの長さのものが多いかもしれない。
岩手県内のF大学二年生のSさんが聞かせてくれた話だ。
自宅、学校、バイト先と行き来する生活が続いていた、ある日の夕方のこと。
バイト先から自宅へ帰る途中、歩いていたSさんを突然の腹痛が襲った。
トイレに行きたいが、自宅まではまだ距離がある。
慌てるSさんの目に、公民館が映った。
（助かった！）
そう思うと、自然と歩く速度も上がる。
受付でトイレを借りたい旨を伝えると、二階のトイレを使うように言われた。

受付係が指差す方向を見ると、階段がある。
お礼を言うと、階段を上がり、正面にあったトイレに駆け込んだ。
窓から夕日が差し込む中、個室が三つ並んでいた。
他には誰もいない。
Sさんは、真ん中の個室に入った。
理由はない、ただなんとなくだ。
用を足し終え、衣服を整えて、鞄を手に持つ。
個室のドアを開け、一歩、外に出た。
その瞬間。真後ろで、『カチャッ……』と、鍵を閉める音がした。

Sさんは、受付係に挨拶することもなく、その場から走って逃げたそうだ。

三十四　野球ごっこ

（盛岡市）


当時のYにとって、野球ごっこはもっとも熱中していた遊びだった。

野球ごっことはその名の通り、野球の真似事だ。例えば本当の野球がしたかったとして、そもそも十八人も集まらないし、九人集まったことがあったかも怪しい。だから集まった三、四人の友人と、キャッチボールをしたり試合もどきをして遊んでいた。それらすべてを指して野球ごっこと呼んでいたのだ。

ごっことはいえ、一塁に走者がいる体で試合を行うなど、子供ながらに知恵を出し合って遊んでいた。なかなか白熱したごっこ遊びで、ある日を境にぱったりやめてしまうまでは、毎日友達と明け暮れていたという。

その空き地には、ある民家が隣接していた。

「あっ！」

Yが声を上げたときには遅かった。友達が暴投したボールはYのグローブのはるか上を飛び、空き地の塀すら飛び越えて、隣の民家の敷地へと入ってしまった。

何かに当たっていたり割れるような音はしなかったが、人の敷地にボールが入るなんて褒められたことではない。Yと友人たちは顔を見合わせ、結局全員でその民家に向かうことにした。

玄関に回り込み、大声を上げる。

「すみませーん！　ボールが入ってしまったので取らせてください！」

少年特有の高い声がわんと響く。

少しして、じゃりじゃりと土を踏む音をたてながら人が出てきた。玄関からではなく、庭がある方から静かに歩いてきた。

現れたのはつっかけを引っ掛けた老人だ。Yの見立てによれば八十歳程度、緩めのポロシャツとズボンを身に着けており、今まさに縁側で和んでいたかのような雰囲気がある。

老人は少年たちの姿を見ると少し驚き、にっこりと優しく笑った。

「ボールなら縁側にあるよ。取って行きなさい」

こちらだから、と老人は来た方へ引き返す。背中は曲がっており、足は遅いが、老人にしてはしっかりと歩けていた。

「ありがとうございます！」

叱られるものだと思って沈んでいた少年たちは、途端に元気になって老人に続く。

ついていくと、確かに縁側があった。日の差す暖かい雰囲気の場所だ。縁側にはお茶とお煎餅が出してあり、老人が日向ぼっこでもしていたのかもしれない。

そのすぐ近く、縁側に再び腰掛けた老人の足元にボールが転がっていた。

「あった！」

「もう、お前のせいだぞ」

「お前だって取れなかったじゃん」

そう言い合う少年たちを、老人はあくまでにこにこと見守っている。

少年たちは揃って頭を下げ、老人にお礼を言うと、ボールを持って再び空き地に戻っていった。

Yがひっきりなしに老人の家を振り返るのに気づいて、友人の一人が不思議そうに声をかけた。

「なんかあった？」

「あのさ、変じゃなかった？」

「何が？」

「あの家、なんで全部雨戸が閉まってたんだろ。こんなにいい天気なのに」

そんなことがたびたび起きた。

そもそも空き地の塀は低くて、少しでも投げ方が悪かったりバットの当て方が悪かったりすると、すぐに隣の民家に飛んでいってしまう。とはいえ、そちらの老人が優しいことは知っているので、見知らぬ人の家に飛ばすよりは、と少年たちも野球ごっこのベースの位置を変えようとはしなかった。

ボールを取りに行くたび、老人は優しく迎えてくれた。いつも縁側にお茶とお菓子を出して、足元に落ちているボールを指さしてくれた。


「君たち、羊羹は好きかな」

ある時ボールを取りに行った時、そんな風に声をかけられた。

いつも走り回っていて、いつでもお腹はペコペコだ。老人が出してくれた小さな包みの羊羹に誰もが喜んだ。

「お茶もあるけど、どうかな?」

と奥に引っ込み、人数分の湯呑を出してくれる。少年たちはありがとうございます!と大きな声で頭を下げたあと、行儀悪くも縁側で立ったまま、笑いながら羊羹を食べてお茶を飲んだ。老人は縁側に腰掛けながら、それをニコニコと見守っていた。

「おやつに付き合ってくれてありがとう。老人の一人飯は寂しくてね。遅くならないように帰るんだよ」

少年たちが帰る時、老人は軽く肩を叩いてくれた。Yも本当のおじいちゃんのような態度が嬉しくて、けれど老人特有のひんやりした手が少し意外だった。だからいつも日向ぼっこしているのだろうな、と思った。

そんなやりとりをする日があっても、やはり縁側を除いたすべての戸は締め切られていた。事情を知らなければ、まるで誰も住んでいないかのように感じるかもしれなかった。

老人と出会って一週間ほど経ったある日。

その日も友達が暴投して、ボールは隣の民家に飛び込んでいった。いつもと違ったのは、途端にガラスの割れる酷い音が響いたことだ。

げっ、と少年たちが顔を見合わせる。

「お……怒られるよ。絶対怒られるって」

「でも謝らないと」

すでに老人と親しくなっていて、叱られる恐怖よりも優しい人を怒らせてしまったかもしれないという罪悪感が先立った。だが犯人が誰かなんて老人には分かりきっているはずで、自分たちだって、あれが唯一のボールなのだ。あれが無ければ野球ごっこを続けられない。

全員で慌てて民家の方へ走った。

「ごめんなさい！」

と、いつもどおり声を上げ、いつもどおり縁側に走る。

縁側の様子はいつもとは違っていた。老人が居るはずなのに、今日に限って縁側の雨戸がピタリと閉ざされている。さらに運の悪いことに、その横の勝手口の窓が割れていた。きっと向こうにボールが落ちているのだろう。

「やっちゃったな……」

「入ったら怒られるかなぁ」

「おれたちだってもうバレてるって、いまさらだよ」

言い合って、でも誰もが一番に開けたくなくて、結局じゃんけんをしてYが開けることになった。

Yは渋々ながら勝手口のドアノブに手をかける。

「すみませーん……」

しょんぼりした声で、うっすらと扉を開けた。

途端、嗅いだこともないような臭いが鼻を突く。

Yが咄嗟に連想したのは夏のゴミ捨て場だ。けれどあれより遥かに強烈で、例えようもない強烈な臭いが中から漂ってくる。うえっ、と、一人の友人が鼻と口を抑えた。

——一体何の臭いだろう？

未知のものに背中がひやりとしたが、ボールが無ければ遊べない。子ども特有の欲求が、違和感を跳ね除けて扉を開けさせた。臭いはあまりに濃く、鼻がもげそうだった。

Yはガラスに気をつけながら、そっと中を伺う。たたきからできるだけ身体を伸ばして様子を見た。

そこは台所を兼ねた食卓になっていた。異様に暗いのは、今Yが開けた勝手口と雨戸のない細窓からさす日光しか光源がないからだ。

暗くとも様子はなんとか伺えた。食卓には料理の乗った皿が並んでいる。

そしてそのテーブルのすぐ傍らに、誰かが倒れている。そこにちょうど光が差し込んで、うっすらとその人の姿が浮かび上がっているようだった。

Yも時々ふざけてやる態度だ。そのたびに行儀が悪いと母に叱られた。だからYは、その不思議な姿勢にあまり疑問を抱かず、声をかけようとした。が、声が出ない。

声が出なかったのは、その人が例の老人だと気づいたからだ。

そしてうるさくたかる蝿が、食卓だけでなく老人にも纏わりついていると分かったから。

Yは自分がどうして夏のゴミ捨て場を連想したのか気づく。それは、生ゴミが腐ったときの臭いに似ていた。それより強烈なのは、生ゴミだけでなく肉すら腐って置かれていたからだ。

老人はすでに死んでいた。小学生でも分かる状況だった。


誰か一人が悲鳴を上げたのをきっかけに、Yたちは弾かれるように民家から逃げ出した。

各々が自宅に転がりこんで、泣きながら喚きながら母親に見たものを訴えた。

とたんに通報が行われ、日頃穏やかな町内にパトカーのサイレンの音が満ちる。Yたちは第一発見者となったが、小学生であったし、現場には確かにボールも転がっていたため、軽く事情を聞かれただけで解放された。

ボールはいつもどおり、老人の足元に転がっていたという。

数日後、警察が母親に事情を説明しているのをこっそり盗み聞きした。あの民家は老人の一人暮らしで、どうやら一週間ほど前に心臓発作で亡くなっていたとのことだ。

一週間ほど前に。

Yは老人から受け取って食べた羊羹の味と、少し温かったお茶の温度と、肩を叩いてくれた老人の手を思い出した。ちょうど三日前の記憶だ。

老人は一週間前に亡くなっていた。それは間違いなく、Yたちが初めてボールを投げ込んだ日のことだった。

三十五　繁華街にて　その三

（北上市）


九州へ怪談の取材に行ったときに知り合ったGさんという男性から聞いた話だ。

Gさんが四年前の話だということは、彼が三十代の頃のことだろう。


ある年、彼は会社で総務部から営業部へ異動になった。

しかも、担当するのは東北六県だという。Gさんは、九州から出るのは学生時代の修学旅行以来だと、とても喜んでいたそうだ。

それからは、毎月のように商談用の商品をスーツケースに入れて、東北の地へ赴くようになっていった。


そんなある日のこと。

岩手県にあるいくつかの企業に、自社製品の売り込みに行くことになった。

盛岡市に八幡平市、花巻市、宮古市を順に回っていった。Gさんの出張としてはかなり長い部類で、ビジネスホテルを転々として、結局三週間ほど岩手県にいることになったそうだ。

そして、出張も北上市で終わりを迎えた。挨拶する企業を回り終え、手ごたえを感じたGさんは出張最終日のその日、仕事も早めに終わらせて繁華街を歩いていた。

せっかくの出張である。あるいは、出張の醍醐味とはこれである、とも言い換えられるだろうか。Gさんは出張先で観光気分に浸るのが、何よりの楽しみであった。総務部時代にはなかった楽しみだ。

一軒目の居酒屋を出てフラフラ歩道を歩き、次の店をどれにしようかと物色する。

その時、細い路地が目に入った。

背の低い小さなビルが両端に並び、奥の方まで続く色とりどりのスナックの看板がGさんを誘っていた。

(こういう所には入ったことがないな……)

Gさんは、路地に入っていった。

路地には、青く光る看板に『あけみ』と書いてあるスナックや、ピンクに光るどう読んで良いかわからないような女性の名前が書いてある看板など、様々な店が立ち並んでいた。

Gさんは、その中の一軒、看板は出ていないが『営業中』と表札がドアに掛けられているスナックに入ってみることにした。せっかくの出張である。できるだけ他と違うような店に入りたいと思うのは当然のことだった。

——カラン……。

ドアを開けると、正面にあるカウンター越しに、

「いらっしゃい」

と、マスターと呼んだほうが良いのではないだろうかという佇まいの男性が声をかけてきた。

Gさんは、その男性に軽く会釈をすると、まだ誰も座っていないカウンターの席にひとり腰をかけた。

店内には、小さくジャズが流れている。奥にはいくつか二人席が設けられているが、客はGさん以外、誰もいなかった。スナック、というよりはショットバーという表現が正し

いかも知れないとGさんは思った。

「お客さん、何か?」

Gさんはマスターの問いに、

「じゃあ、モスコミュールを」

と、いつも好んで飲んでいるカクテルの名前を言った。

すぐにGさんの前に、琥珀色に染められた細いグラスが置かれた。

——あれ?

ひと口飲もうとグラスを手に取ったGさんは、奥の二人掛けの席に人がいることに気がついた。

店に入ったときには、たしかに誰もいなかったはずだ。

それは、こちらに背を向けた、白い着物を着た長い白髪の老婆だった。

見ると、テーブルには何も置かれていない。ただ、そこに座っているだけだった。

(あんな人居ただろうか?)

そう思いながら、その背中をなんとはなしに見ていると、

「ね、あなた。あれが見えるの?」

突然、女性の声がした。

老婆から視線を外して振り返ると、自分の座るカウンターの並びに女性が座っていて、こちらを見ていた。

水商売なのだろうか、その女性はこれから夜の街へ出勤です、というような派手な服装で、Gさんのすぐ横に座っていた。

まただ。

たしかに、そうたしかにGさんがこの店に入ったときは、マスター以外は誰もいなかったはずなのだ。ドアベルだって鳴っていない。この女性はいったいどこから出てきたというのだろうか。

Gさんはかなり動揺したが、綺麗な女性の前だと自分に言い聞かせて、無理にでも平静を装った。

女性は、Gさんのそんな努力など気にすることもなく続けた。

「ね、あのおばあさん見えてるんでしょ？　あれねぇ、お化けなの」

そう言うと、くすくすと笑い出した。

「マミちゃん、またそういうのやめてよ。お客さん、来なくなっちゃうじゃない」

マスターが、眉をひそめて不機嫌そうに女性に向かって注意する。

どうやら、この女性は『マミ』というらしい。そして、このマミちゃんはいたずらで一見さんに変なことを吹き込むようだ。

「そんな人いないじゃない」

その一言を聞いて、グラスを置こうとしていた手が止まった。

ということは、マスターには何も見えていないのではないか？　そして、おばあさんが居るというこの女性には見えているのだろう。

そう思い至ったGさんは、値段も確認せず五千円札をカウンターに置くと、慌ててドアを開けると店から飛び出た。

――と。

カウンターに仕事道具が入った鞄を置き忘れていること気がついた。

いけない！　と踵を返したが、そこには空き地が広がっているだけでスナックどころか建物までもなくなっていたのだ。

「なんだ、これ？」

意識もせず自然と口から言葉が出てしまうほど唖然と立ち尽くすGさんだったが、大事な仕事の資料が入った鞄である。どこかに落ちているんではないかと、空き地に立ち入った。

その空き地は、雑草がそこらじゅう好き勝手に生い茂り、長い間手入れされていないことは誰が見てもわかるものだった。

鞄はないかと、あちらこちら探していたGさんが見つけたものは、鉛筆やボールペン、手帳、ノートパソコン、そして鞄までもが地面に刺さっている姿だった。

こんな一瞬で、ここまでのことをやってのける者などこの世の物じゃないと思ったGさんは、それらを乱暴にかき集めると、一目散にホテルへ逃げ帰ったそうだ。


翌日。

再びあの路地に訪れて調べてみようなどという好奇心が湧くはずもなく、Gさんは新幹線で岩手県を後にした。

その後、出張には行くものの、一人で慣れない店に入ることだけはしないようにしているそうだ。

三十六　けんけんぱ

（釜石市住宅街）


Eさんは、結婚と同時に、この釜石市に引っ越してきた。

九州地方から嫁いできて、慣れないことも多かったそうだが、両親をすでに亡くしている旦那さんと二人で、どうにか毎日の暮らしを平穏に過ごしていた。

週に二度ほどパートに出る。午後から働き始めて、夕方には家路につく。自宅まで、とぼとぼと歩きながら、未だ震災の爪痕が残る仮設住宅を一瞥して立ち止まる。

当時、九州に住んでいたEさんにとっては、テレビの向こうの世界でしかなかったが、こうして見ると、何か突然に現実を突きつけられたような気になったという。

夕方、陽が暮れて、あたりが夕日に染まる。そんな中、自分の影がどこまでも伸びる様は、どこか寂しく、また不気味だった。

Eさんは、人気が少なくなるこの時間帯だけは、まだ慣れずにいた。

そして、Eさんがもっとも厭だったのは、自宅に続くその先の角を曲がることだった。

けん……けん……ぱ。

けん……けん……ぱ。

角を曲がると、そこには小学生の低学年くらいの女の子が独りで遊んでいる。

どれだけ長い時間そこで遊んでいたのか。舗装された道路のそこかしこに白や黄色のチョークで動物や昆虫の絵が描かれている。

特に目を引くのが、地面に白いチョークを使って描かれている何個かの円だ。

それは、子供の遊びでよく使われる『けんけんぱ』の模様だった。

たしか、二人以上で遊ぶのが前提なのだが、この少女は今、独りで遊んでいる。

歩きながら、なんとなくそれを見ていると、ふと少女と目が合った。

「こんにちは！」

Eさんを見て、少女が元気に挨拶をしてくる。

「こんにちは」

パート帰りのいつもの光景だった。

この少女は、この道路に面している一軒家で暮らしているらしい。ただ、両親は共働きらしく、帰りはいつも遅いそうだ。

何度となく挨拶を交わして、雑談をするようになり、少女の置かれている状況も少しは知っている。

とは言え、夕方の陽の暮れかけたこの時間だ。

「早めに帰りなさいね」

一言かけて、Eさんはそこから少し行ったところにある自宅に帰る。

Eさんが帰ってから、数時間が経つと旦那が帰ってくる。

お互いに今日一日、仕事であった納得のいかないことを愚痴交じりに報告しあいながら、遅めの夕食を済ませて布団に入る。

そんな生活が、半年くらい続いていた。


ある夕方。

Eさんがパートを終えて自宅へ帰っていると、あの少女が遊んでいた。

けん……けん……ぱ。

けん……けん……ぱ。

遊んでいる少女と目があった時、軽く微笑んで会釈をした。

「こんにちは！」

いつものような光景だ。

しかし、この日は違っていた。

遊ぶのをやめて、少女が駆け寄ってきたのだ。

（珍しいな）と思いながら、Eさんはしゃがんで少女と目線の高さを合わせた。

「おばちゃん、あたしね、今度ね、引っ越すことになったの」

嬉しそうな満面の笑みで、少女がEさんに報告をする。

「明日ね、おかあさんとおとうさんが迎えに来るって。だから、おばちゃんとは今日でお別れなの」

パート帰りに、ちょっとだけ会うくらいの仲だ。しかし、寂しくないと言えば嘘になる。

「そっか、引っ越しても元気でね」

Eさんは、それくらいしか言えることはなかったが、笑顔で別れの挨拶を済ませた。


翌日。

パートの帰り道のことだった。

Eさんがいつものように家路を急いでいると、声が聞こえてきた。

けん……けん……ぱ。

けん……けん……ぱ。

昨日、あの少女は「明日引っ越す」と言っていた。引越しは夕方なのだろうか？

珍しいとは思ったが、そういうこともあるのだろう程度に思って、Eさんは角を曲がった。

すると、そこには誰もいなかった。

引っ越しが決まってから掃除したのか、あの少女が道路に描いていたチョークの落書きも綺麗に消されている。では、この遊ぶ声はどこから聞こえているのか？

（どこにいるんだろう……？）

と、あたりを見回すのだが、どこにも少女はいない。

その時。

けん……けん……ぱ。

けん……けん……ぱ。

Eさんの横を声だけが通り過ぎて行ったそうだ。

全身から冷や汗が吹き出るのを感じたEさんは、その場から走って逃げ出したそうだ。

その話を、旦那が帰ってからすぐにすると、

「あそこの家って、家族が事故で亡くなってから誰も住んでないはずだよ。たしか……、両親が即死で、娘さんが病院で少し遅れて亡くなったんだったかな」

三十七　狐

（雫石町）

父方の叔父さんから聞いた話である。

その叔父さん、一九七十年代のある夏の夕暮れ、仕事帰りに知人の家に寄ってから、帰路を急いでいたそうだ。

そこはかなりの田舎で、今もそうだが車がないとかなり移動は苦しい。

だから道路は比較的広めで、広々とした田園風景の中をまっすぐ直進していくことがとても多かった。

その知人宅付近には久しぶりに来たので、叔父さんはある広い一本道に入っても「おや、こんな所に新しい道ができていたのか」とあまり気には留めなかった。

県庁所在地である自分の町に帰るのだから、こんな立派な道なら進んでいけば必ず方向が示してあるだろう、と踏んだのだ。

それは本当にまっすぐな一本道だった。

闇が降りかかった夏の夕暮れは、ぼんやりした空の明るさが残って気持ちがいい風景だった。

叔父さんは好きなラジオ局を聴きながら、軽快に飛ばして行った。

それにしても、対向車を全く見かけない。

通行人がいないのはわかるけど、そもそも自分以外に全く車を見かけないことに、だんだん叔父さんは不信感を抱いていった。

真っ暗になりかかった頃、ラジオ電波が途切れた。

見ればデジタル時計が零時のままで点灯していて、何だ？　と思ったらしい。

叔父さんは徐行して路肩に愛車を止めた。

よく見れば、前方にまっすぐ伸びる一本道の道路には街灯がない。

愛車のライト以外には何も明かりがなく、一本道の先は闇に飲まれていた。

叔父さんは急に不安を感じた。

そうして、停車していた所のすぐ脇に、分岐した小さな横道があるのに気が付いた。

それは小さな道だったが、ちゃんと街灯がついていた。

叔父さんはそこで左折し、そして呆然とした。

あの真っ暗な一本道からほんの少ししか離れていないのに、仕事帰りのサラリーマンや通行人がたくさん闊歩する繁華街があったからだ。

そしてそこは叔父さんの住む町の、賑やかな一画だった。


帰宅すると、あれだけ長くドライブしたはずなのに時間はほとんど経っていない。

おかしいと思いつつ、翌日会社で地元の同僚に「例の新しくて、広い一本道」の事を聞いても、皆そんな道は知らないという。

躍起になって市役所に問い合わせても、同じ答えが返ってきた。

実際、後から探してもあの道は決して見つかることはなかった。

この叔父さんは十数年前に亡くなるまで、ずっと狐に化かされたと言い続けていたらしい。

三十八　タクシー　その三

（四十四田ダム）

この本の入稿直前で舞い込んできた話がある。

Aさんが、出張で盛岡市に行った時のことだそうだ。
彼の勤める会社は、滅多に出張がない。
しかし、いざ出張となれば超過密スケジュールな上に、ビジネスホテルに帰ってからもノートパソコンを開いて、その日のうちに報告書をメールで上司に提出しなければならない。睡眠時間は、二時間も取れれば良い方で、食事もせっかくの出張にもかかわらず、近くのコンビニで買ってきたインスタントラーメンを啜るしかないので、出張を命じられた場合、それはそれは気が向かないのだという。

最後の訪問先で商談を終え、Aさんは道路でタクシーを待っていた。

腕時計に視線を落とすと、すでに二十三時を回っている。

（今日もカップ麺か……）

と思いながら、ため息をつく。

盛岡に来てから十日近くが経つが、観光らしいことは一つもできていない。

（明日は休みだけど、どうしようか……）

そんなことを考えていると、暗闇の向こうからヘッドライトを点けたタクシーが一台やって来ると、Aさんの目の前に停まった。

ドアが開けられたので、タクシーを呼んだのは自分であることを告げ、シートに乗り込む。

盛岡駅前のビジネスホテルの名前を言うと、タクシーが走り出した。

連日の疲れもあって、すぐにAさんは寝てしまったそうだ。

「お客さん、着いたよ！」という声で起きる。

いつの間にか寝ていたのだろう。Aさんは涎を拭きながら、辺りを見回した。

運転手が嘘を言っていないなら、ビジネスホテルの明かりが見えるはず。

しかし、そこは、見知らぬ場所。

真っ暗な闇の中、タクシーのヘッドライトだけが光っている。

さぁ降りろと言わんばかりに後部座席のドアが全開している。

「え？　ここどこですか？」

Ａさんがそう運転手に聞くと、

「お客さんが途中で、『やっぱり行き先代えるから指示通りに走って』って言うからここに来たんですよ」

と、苛立ったように返されてしまった。

だが、Ａさんにそんな記憶はない。

持っているスマートフォンの地図アプリで確認すると、そこは南部片富士湖近くにある松園墓地横だった。

ここで運転手と口論をしても良いが、それよりも早く帰って食事や睡眠を取りたいのが本音だ。

「いや、ごめん。寝ぼけていたみたいだ。もう一度、お願いできる？」

と言って、Ａさんは今度こそ宿泊先のビジネスホテルに着いたそうだ。

翌日。

Aさんは、昨日の商談の続きということで、最後に訪れた商談先に来ていた。

そこで、Aさんは営業トークのつもりで、面白おかしく昨晩のタクシーで体験した話を話したそうだ。

すると、相手の担当者の表情が一気に曇った。

(何か不味いことを言ったのか?)

と心配するAさんに、その担当者が言ったのは、取引先の課長さんが一ヶ月前に亡くなったこと。そして、埋葬先が松園墓地だった。

「まだ、その課長さん、あの取引先のオフィスで働いているんじゃないかな」

とAさんは言うが、次の出張は絶対に断るつもりだそうだ。

三十九　病院

（盛岡市）


「岩手の怖い話」も、そろそろ終わりに近づいてきた。

ここまで書いてきて、本当にたくさんの人にお世話になっていると実感する。

そんな中で、特にお世話になっているのが、Ｉさんだ。

私が、怪談に関わるようになって間もなくからの付き合いになるＩさんが体験談を送ってくれたので、ご覧いただきたい。


私は十九年前、盛岡市内のある総合病院で生まれました。

そして生後四日目で心臓の音に雑音がある、その翌日に心臓に穴が開いている可能性が高い、と言われたそうです。

母は無事に出産できてホッとしたのも束の間、産後すぐにそんな話を聞かされて目の前が真っ暗になったそうです。

私が生まれた病院もそれなりに大きな総合病院でしたが、紹介状を書いて頂き、盛岡市のさらに大きな、そして専門的な病院で診察してもらうことになりました。

詳しく診てもらった結果、間違いなく心臓に穴が開いており先天性心疾患「心室中隔欠損症」と診断されました。

一千人に三人の割合で見られるらしく、

・自然閉鎖

・穴が開いたままでも成長に影響がないのであれば、穴とともに生きていく

・心臓が血液循環のポンプの役割を果たせない程に穴が大きく、成長に影響が出るようであれば即手術

という三つの選択肢しかないようです。

両親は新生児の私を連れて二週間に一回病院を訪れ、心臓の穴の様子を診てもらっていましたが、それほど穴の大きさは大きくない、成長には影響がないことが分かり、一カ月に一回、三カ月に一回、半年に一回と徐々に間隔が空いていき、五歳になる頃には一年に一回診察してもらうだけとなりました。

小・中学生の頃は母や父と一緒に来ていましたが、私の家も盛岡市内で病院からそれほ

ど遠くなかったこともあり、高校生になった頃から私一人で通うようになりました。

その日はとにかく待つ、待つ、待つ！

受付をして待つ、呼ばれるのをひたすら待つ、診察時間中も心臓の様子を診るための検査で待つ、終わっても精算のために待つ……。小説を持って行ったり、参考書を持っていったり、色んな時間を潰すための道具を持参していきました。

そして何かに集中していないと、見たくないものも見てしまう、という理由もあります。心臓とは関係ないとは思うのですが（同じ症状の人に会ったことがないので定かではありませんが）、私は小さい頃から霊が見えるのです。

向こうから人が来るから道を空けたら、友人に
「何？　何かあった？」

と不思議がられ、あ、今のはみんなには見えない人なんだ、と、その時初めて気が付くぐらいハッキリ見えていました。

病院でもあちこちにこの世のものではない人がいて、手元に集中して、なるべくそういう人達を見ないようにしていたのです。

その日も診察を終えて、長い長い精算のための時間を待っていた時です。

ふと顔を上げた時に、また見えてしまったのです。

スーツ姿の男性……でも上半身は血まみれでした。

いつものように見なかったことにして目を逸らした時です。

突然、

「もしかして、あなたも見えてるんですか？」

と、声を掛けられ、振り返ると上品そうなおじいさんが立っていました。

パジャマ姿で、どうやら入院患者のようです。

「お隣に座ってよろしいですか？」

と、私の隣の席に座ってきたおじいさんは、

「今、あれから目を逸らしましたよね？　あなたも見えてるんですか？」

と、再度尋ねてきました。

「はい」

と答えると、おじいさんはとても嬉しそうに、でも複雑そうに、

「私も見えるんです」

と、話し始めました。

私は生まれつき見えていた訳ではない。

それどころかつい最近まで幽霊どころか火の玉一つ見たことがなく、そういう存在を胡散臭く思っていた。

ところが、少し前に脳梗塞を起こして病院に運ばれてきてから、突然周囲の霊が見えるようになってしまい戸惑っている。

他の人は霊に気付いている気配はなく、ここで「幽霊だ！　ほら、そこ！　あそこにも！」などと騒ぎ立てても、脳梗塞が原因で認知症になったと思われかねない。

実際、少し前の自分だったらそう思っていただろうから。

だが、世の中にはこれほど何気なく霊がいたりするのかと驚いている。

これは病院だからなのか？

退院がまだだから外の様子を目にしていないが、病院以外にもごく普通に霊がいたりするのか？

全快して退院したら再び霊が見えなくなるのか？

それともずっとこのままなのか？

など、自分の近況と疑問を一気に私に話してきました。

私は、この病院は、外よりかは少し霊の数が多いと思うが、外にだっているところにはたくさんいる、病気が原因で見えるようになった人が退院した時に見えなくなるかどうかは分からない、と答えました。

おじいさんは「うーん……」となっていましたが、とりあえず、自分一人の妄想や幻覚ではないことが分かって安心したと、どこかスッキリした顔で頭を下げてくれました。

その後、おじいさんは「入院生活は暇でね」、とか、「この病院は良い医者が多いけどとにかく待ち時間が長いよね」、など他愛もない世間話がはじまりました。

しばらくすると私の精算の順番が回ってきたため、そのおじいさんとはそこでお別れしました。


病院には亡くなる方も多いため、やはり霊がいます。

訪れる人も多いため、その患者さんの流れの中にさりげなく佇んでいたりするので、あのおじいさんも、それに気が付いてさぞ驚いたことだろうと思います。

私は勇気が出せずに告げることができませんでしたが、あのおじいさんも、そんな霊の一人であることに自分で気付く日が来ることを願いながら病院を後にしました。

四十　松尾鉱山跡

（八幡平市）

Cさんという方の体験談だ。この人は、明確な素性を書かないことを条件に、以下のような体験談を聞かせてくれた。

私が初めて岩手に来たのは十八歳の時、県内のM大学を受験・進学した時です。

私は小さい頃から教師になるのが夢で、M大学は教師を目指す学生が充実したサポートを受けることができ、当時就職率が九十パーセントを超えていたため志望しました。

学科の講義は専門的で、最初はノートを書き写して復習するだけで精一杯でしたが、夢に向かうための勉強はとても楽しく、サークルにも所属し、彼氏もでき……とにかく毎日が本当に楽しかったのを覚えています。

一年生の夏休み、サークルで暑気払いの飲み会をすることになりました。

私はあまりお酒が飲めないのですが、同じ一年生だけでなく普段話さない先輩とも色々な話ができ、ずっと笑って話して、とても楽しい夜でした。

気が付けばみんな帰宅したり、雑魚寝したりで、私、同じく一年生のKちゃん、私の彼氏のT君、D先輩の四人で話をしていました。

三年生のD先輩とはあまり話をしたことがなかったのですが、ご両親が隣県で会社を経営しているらしく、どこか余裕がある感じで、柔らかく優しい雰囲気の男性でした。

色んな話をしましたが、趣味の話の流れでD先輩が、

「俺、廃墟が好きなんだよね」

と、言いはじめたのです。

廃墟は時が止まっているようで、朽ち果てて自然に浸食され、飲み込まれて還っていく過程でもあるという不思議な感覚が味わえ、強烈に「盛者必衰」という言葉を感じることができることに惹かれる。

誰かが住んでいた頃に使用されてたものがボロボロになっていたりすると、以前はどんな感じだったかを想像するのが楽しい。

博物館でも昔の物を見ることはできるけど、ガラスケースに入ってたり、解説なんかも

全くないのが生々しく、より歴史を実感することができる……等々、すごい勢いで廃墟についてて語ってくれました。

最初は少しポカンとしてしまいましたが、D先輩が楽しそうに話すのにどんどん引き込まれてしまい、いつの間にかもう時間は明け方に近く、私達は徹夜明けだったにも関わらず、

「みんなでこれから廃墟に行こう！」

という話になっていました。

目的地は松尾鉱山跡地で、D先輩の車に四人で乗り込み、東北自動車道を進んでいきました。

松尾高山は八幡平市（当時は松尾村）にあり、最盛期には精製硫黄は十万トン、硫化鉄鉱は六十八万トンもの生産量を誇っていた硫黄鉱山で、周囲には従業員の社宅、小学校、中学校、病院、劇場などが設置され、従業員数約四千人、その家族合わせて約一万五千人の住民が住んでいましたが、硫黄の需要減少により一九六九年には採掘が終了、住民が撤退し始め、一九七〇年には無人となったそうです。

また、無人のはずなのに足音が聞こえる、壁をノックする音が聞こえる、鉱山上空にUFOを見た、学校に子供の霊がいる……など、廃墟につきものの怖い噂もあるそうです。

そんな話を聞きながら、途中、広くて乗り心地の良いD先輩の車で居眠りしてしまったらしく、D先輩とT君の

「着いたよー!」

という声に起こされました。

「旧松尾鉱山新中和処理施設」と書かれた看板があり、その道を少し進むと右手に十棟ほどの鉱員住宅が見えました。

D先輩は何度も来たことがあるらしく、慣れた様子で進んでいきます。

鉱員住宅の壁はボロボロ、窓が一つもなく、簡単に中に入れました。

風化した畳、電球、型の古いテレビ、急須にお茶碗、片方だけの靴などが落ちており、さらに巨大な煙突を通り過ぎて先に進むと廃校になった学校の建物があり、壊れたオルガン、木製の椅子や机、マット、落書きされた壁、黒板……確かにD先輩の言う通り、ここに暮らしていた人たちの生活を垣間見るようで楽しめました。

かつてたくさんの人々が暮らしていた東洋一の規模を誇った鉱山の街、今でも圧倒的な

存在感があり、一通り見て回った後、私達は「夢の跡」に別れを告げました。

D先輩はまず私をアパートの前まで送ってくれて、私は近所のKちゃんと一緒に降りました。

遠ざかっていく車の中の二人を見送り、徹夜明けの大冒険に疲れた私は、家に帰ってすぐぐっすりと眠ってしまいました。

起きたのは夕方の四時頃、Kちゃんからの電話が鳴ったからです。

「D先輩、あの後事故ったんだって！　T君も乗ってたみたい！」

頭が真っ白になりました。

今すぐにお見舞いや面会は無理とのことで、それから四日後、Kちゃんと一緒に病室に訪れました。

T君はあちこち傷や打撲があったものの思ったより元気でしたが、先輩はもっと重傷でまだ病室に訪ねていける状態ではないと言われました。

事故の状況を聞くと、何もない場所でD先輩が突然ハンドルを右にきった、と言うのです。

俺が見逃しただけで小動物でもいたのかな……と、T君がつぶやくと、突然Kちゃんが、

「○○ちゃん（私）、T君、ごめんね。　もしかして、その事故、私のせいかもしれないの」

と、言い出したのです。

一瞬考えましたが、どう考えてもKちゃんのせいとは思えません。

「何で？　Kちゃんは全然悪くない……」

と、返事をしようとしましたが、Kちゃんはそれを遮って、

「私ね、実は小さい頃から霊感体質っていうか、幽霊が見えるんだよね。でも大きくなるにつれて徐々に見えなくなってきてたし、たまに見えても、素通りしてやり過ごしてたんだけど。幽霊って見えてる人につきまとってきたりするから……。でも、こないだの夜は少しお酒を飲んでたせいなのか、あんな場所に行っちゃったせいなのか、すっごくハッキリ見えちゃって。廃墟の入口からすでに何か変な気配がしてたんだけど、ふと見ると途中で私達の真横に男の人が立ってたの」

「え？」

「人間じゃないよ、多分、あそこで亡くなった人だと思う。見ないように見ないようにしてたんだけど、私が見えてるのが気付かれたのか、廃墟にいる間中、ずっとついてきちゃ

ってて……、ずっと私達の隣を歩いてきてたの。先輩の車に乗って帰ろうっていう時には
いつの間にかどっかに行っちゃってたから大丈夫、と、思ったんだけど、私達を降ろして
くれて走っていく先輩の車の方をみたら、後部座席にその男の人が乗ってて……」

「……」

「私がいなかったら、あんなのがついてくることもなかったかもしれないのに……。先輩
が事故を起こしてT君が怪我をすることもなかったかもしれないのに……。ごめん！　ご
めんね……！」

と、Kちゃんは泣いて私達に謝ってきました。

その後、退院してきたD先輩に聞いてみましたが、事故の瞬間のことは覚えていない、
とのことで、あの時本当は何があったのかは分からないままに終わりました。

鉱山には事故がつきもので、きっと亡くなった方も多くいるはずです。
もしかしてあの事故は（噂になっている他の心霊現象なども）、かつての日本の産業を
支えてくれた、そんな方々への敬意が全くなかった来訪者への怒りなのかもしれません。

四十一　コインランドリー

（岩手県○○市）


六十代のHさんが言うには、三十年ほど前のことだそうだ。

当時、独身だった彼は近所にある二十四時間営業のコインランドリーをよく利用していた。近所に騒音の気兼ねすることなく洗濯ができるということと、時間を選ばずに利用できるのがメリットだった。


その日。

残業で遅く帰宅した彼は、翌日が休暇ということもあり、深夜にコインランドリーで溜まっている洗濯物を片付けることにした。

そのコインランドリーは、両側に洗濯機や乾燥機、洗剤の自動販売機がおいてあるタイプの、よくある店舗だった。

中央には、腰かけて洗濯や乾燥が終わるのを待つための、木製ベンチが設置してあって、その上には週刊誌が何冊か置いてあった。

天井で光る何本かの蛍光灯は、経年からか緑色に変色し、明滅を繰り返している。

まるで映画のワンシーンに出てくるような、コインランドリーであった。

Hさんは、「相変わらず暗いな」と思いながら、洗濯物を大量に入れたバッグを担ぎ直すと、コインランドリーへ入っていった。


約一時間、洗濯機を回し、さらに乾燥機にかける。

その間、コインランドリーの中で待たなければならない。

待ち時間に自宅に戻っても良かったのだが、それもなんとなく面倒だ。

週刊誌でも読んでいればすぐだろうと、そのままコインランドリーで待つことにした。


ベンチに腰かけて、週刊誌を手に取る。それは、最近起こった事件の噂や、芸能人のスキャンダル写真を扱ったものだった。

Hさんは、パラパラとページをめくって週刊誌を読んでいたが、いつの間にかウトウトしていった。

——。

激しい雨の音で、Hさんは目が覚めた。

（しまった……）

そう、思わずため息をついた時だった。

すぐ隣に、人が座っていることに気がついた。

一瞬、ギョッとしてそちらに視線を向けると、それは二十代半ばぐらいで身長が高く、ちょっと暗い感じがする女性だった。

彼女は、Hさんと目が合うと、軽く微笑んで声をかけてきた。

向こうも時間つぶしのつもりだったのだろう。

Hさんが溜まっている洗濯物を片付けに来たことを話すと、彼女の方はお気に入りの洋服に食事の染みを付けてしまったこと、深夜に洗濯機を回すわけにもいかない借家に住んでいるので、あわててコインランドリーに来たことを話してくれた。

しばらく雑談を続けていると、彼女の洗濯が終わった。

服一枚程度なら、Hさんの洗濯より早く終わるというわけだ。

しかし、洗濯機を開け洗濯物を取り上げた彼女は、

「あぁ、落ちなかったみたいです」

と、洗濯機から半分洗濯物を出した状態でがっかりしていた。

（それは残念なことだ）

と彼女の背中越しに染みが残っているであろう洗濯物を見たHさんは、口から悲鳴が出るのをすんでのところで飲み込んだ。

それは、食事中にできた染みなんかじゃない、大怪我でもしたのかと思うほどの真っ赤で巨大な染みだった。

彼女は素早くそれを手さげ袋に入れると、Hさんに軽く会釈をして出て行ってしまった。

土砂降りの雨の中を傘もささずに、と思い、彼女のあとを追ってコインランドリーを出たHさんだったが、左を見ても右を見ても、すでに彼女の姿は無かったという。

彼女が隠れるようなところもない。

Hさんは、首をかしげながらベンチに腰掛けると、週刊誌を適当に開いて視線を落とした。

通り魔事件の記事が書かれていた。事件現場は、このあたりらしい。

そして、被害者の顔写真が目に入る。それは、Hさんが先ほどまで雑談していた彼女だった。

（え？）

と思い、顔を上げた。

その瞬間。

今まで大きな音をたてて動いていた、何台もの洗濯機や乾燥機がピタッと止まった。

あれだけ土砂降りだったはずの雨音も聞こえない。

ただただ静寂だけが、Hさんを包んでいた。

背筋に冷たいものが走る感じがしたHさんは、あわてて洗濯物を回収して逃げようと洗濯機を開け、中に腕を突っ込む。

洗濯物を乱暴に掴んで、持ち上げようとしたが、それはできなかった。

いつの間にかHさんの腕にからみついた黒く長い髪の毛が、腕の肉に食い込んでそれ以上動かせなかったからだ。

次の瞬間。

コインランドリーの一番奥の蛍光灯が消えた。

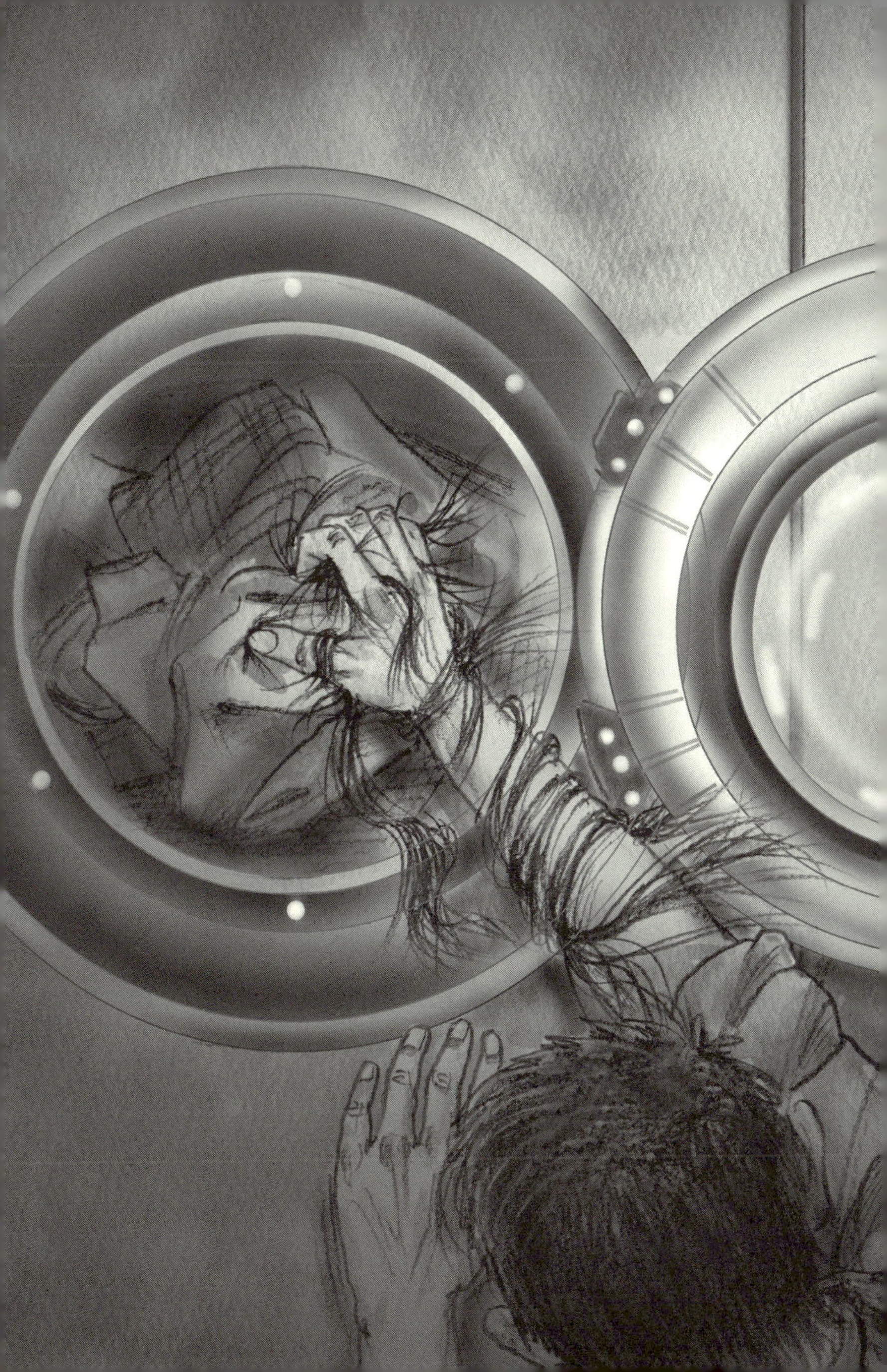

それを開始の合図と言わんばかりに、Hさんに向かって順番に蛍光灯が奥から消えて行く。

そして、Hさんが暗闇に包まれた。

ここで彼の記憶が止まる。

次に目が覚めたのは、洗濯物を取りに戻ってきた別の客に起こされた時だ。

夢かと思って腕を見ると、そこには、太い糸を巻きつけたような跡が何本もついていたという。

あとがき

「奇跡の一本松」は、陸前高田市気仙町の高田松原跡地にある松の木の記念碑だ。

宮城に続き、東日本大震災の被災地である岩手の怪異を紹介することになった私は、ある怪異の取材で陸前高田市に来ていた。

国道45号線を車で走り、高田バイパスに差し掛かる時に自然と涙が頬を伝ってきた。驚いて、気仙川を越えて少しした所で車を停めた。

そこで車から降りて「奇跡の一本松」と書かれたバス高速輸送システムのバス停が視界に入ったとき、再び涙が流れてきた。

奇跡の一本松は、多くの人々が震災から復興するための希望を象徴したものだ。私は、震災で理不尽にも突然命を落としてしまった人達の無念な気持ちや、復興に向けて進んでいく人達の情熱が奇跡の一本松に籠《こ》められ、それを感じ取ったのだろうと理解した。

中学二年の時に神戸に住んでいた私は阪神大震災に被災して自宅が半壊となって、しばらくの間、近くの小学校の体育館で寝泊まりをした体験がある。同級生の友人を震災で失って、奇跡の一本松のメッセージはとても他人事には思えない。自然に両手を合わせ、復興の成功を祈らずにはいられなかった。

岩手の怪異を取材していくうちに、岩手の様々な文化や歴史に惹かれ、美しい景観に心を奪われた。それは、単に怪異を調べるために紐解いた歴史の資料に惹かれただけではなく、現実に復興しようとしていく人達の生き様や行動に魅せられたのだ。

この本を手に読んでいただいた人に、岩手の魅力を怪異という形で伝えられたなら嬉しく思う。それは、いつか岩手の地を訪れてみたいと思っていただければ成功である。そして、その時あなたも同じ怪異に遭ってしまったのなら、この本としては大成功だと言える。

最後に、それぞれ二話ほど構成協力をいただいた、しのはら史絵様、能面りりこ様、また取材に快く応じていただいた皆様に、この場をお借りして厚くお礼を申し上げます。

寺井広樹

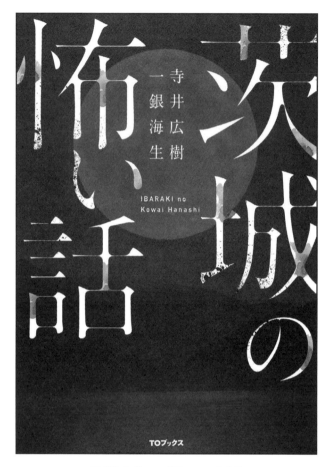

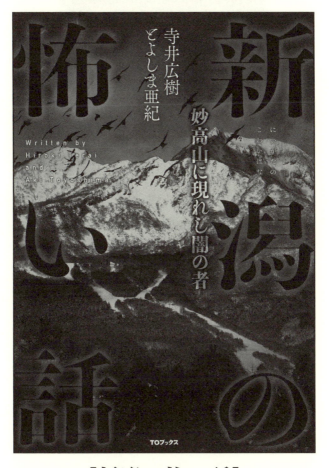

寺井広樹（てらい・ひろき）
1980年生まれ。怪談蒐集家。銚子電鉄とコラボして「お化け屋敷電車」をプロデュース。
『広島の怖い話』『北海道の怖い話』『茨城の怖い話』『お化け屋敷で本当にあった怖い話』『静岡の怖い話』『新潟の怖い話』『岡山の怖い話』『彩の国の怖い話』(いずれもTOブックス)、『日本懐かしオカルト大全』(辰巳出版)など著書多数。

正木信太郎（まさき・しんたろう）

1974年生まれ。怪談師・怪談噺家。

小学生の林間学校で不思議な体験をして以来、怪異に強く興味を持つ。首都圏各所で怪談会に参加し、友人·知人から集めた様々な怪談を語っている。

ＣＳエンタメーテレの怪談専門番組に出演経験あり。

『新潟の怖い話』『彩の国の怖い話』(いずれもTOブックス)にも怪談を寄せている。

協力　しのはら史絵・能面りりこ
イラスト　平野秀明

岩手の怖い話
—坊やがいざなう死出の旅—

2019年1月1日　第1刷発行

著　者　寺井広樹／正木信太郎
発行者　本田武市
発行所　ＴＯブックス
〒150-0045 東京都渋谷区神泉町18-8
松濤ハイツ2F
電話 03-6452-5766（編集）
0120-933-772（営業フリーダイヤル）
FAX 050-3156-0508

ホームページ　http://www.tobooks.jp
メール　info@tobooks.jp

印刷·製本　中央精版印刷株式会社

ISBN 978-4-86472-762-4
Printed in Japan